孫連れ侍裏稼業

# 脱藩

鳥羽　亮



幻冬舎時代小説文庫

# 孫連れ侍裏稼業　脱藩

# 目次

【主要登場人物】

伊丹茂兵衛　元出羽国亀沢藩士。浅草駒形町庄右衛門店に暮らしながら、倅夫婦を斬殺した敵を追っている。五十代。

伊丹松之助　茂兵衛の孫。十歳。

富蔵　口入れ屋「福多屋」の主。裏稼業を営む。
柳村練三郎　元御家人。「福多屋」の裏稼業の刺客。
弥助　「福多屋」の奉公人。裏稼業の連絡役。
亀吉　伊丹家の下働き。
おとき　庄右衛門店の茂兵衛の隣人。
岸崎虎之助　元亀沢藩普請方。茂兵衛の倅夫婦斬殺事件の容疑者。
小柴重次郎　元亀沢藩徒士。茂兵衛の倅夫婦斬殺事件の容疑者。
川澄市之助　亀沢藩士。先手組。茂兵衛と協力して峰田らとともに岸崎、小柴の行方を追っている。
村越八十郎　亀沢藩士。下目付。

# 第一章　辻斬り

## 1

月夜だった。秋の気配を感じさせる涼しい風が、神田川沿いに群生した葦《あし》を揺らし、サワサワと音をたてている。

五ツ（午後八時）過ぎであろうか。日中は人通りの多い神田川沿いの通りも、いまは人影もなくひっそりとしていた。聞こえてくるのは、葦を揺らす風音と神田川の流れの音だけである。

「利之助《りのすけ》、遅くなったな」

長兵衛《ちょうべえ》が、手代の利之助に声をかけた。ふたりは、商談のため柳橋《やなぎばし》の料理屋、浜喜屋《はまきや》で飲んだ帰りだった。長兵衛は薬種問屋太田屋《おおたや》のあるじで、店は神田須田町《かんだすだちょう》にあった。神田川にかかる和泉橋《いずみばし》を渡った先で、中山道の近くである。

　ふたりが歩いているのは神田川の北側の通りで、佐久間町《さくまちょう》の家並がひろがってい
た。夜道だったが、ふたりとも提灯《ちょうちん》を手にしていなかった。月夜だったので、料理
屋で用意してくれた提灯を断ったのである。

「すこし、急ぎましょうか」

利之助は手代としての経験が長く、長兵衛の供をして出かけることが多かった。

「そうだな」

ふたりは、足を速めた。

前方に、神田川にかかる和泉橋が見えてきた。黒い橋梁《きょうりょう》が、夜空を圧するように
横たわっている。

ふたりが橋のたもと近くまで来たとき、

「や、柳の陰に、だれかいます」

と、利之助が声をつまらせて言った。

見ると、川岸に植えられた柳の陰に人影があった。暗いため、ぼんやりと見える
だけで、男か女かも分からない。

「夜鷹《よたか》ですよ」

長兵衛は足をとめなかった。

神田川の対岸にある柳原《やなぎわら》通りは夜になると夜鷹があらわれ、男の袖《そで》を引くことで知られていた。ときおり、和泉橋を渡った佐久間町側にも夜鷹があらわれることがあったのだ。

ふたりが橋のたもとまで来ると、柳の陰からゆっくりと人影があらわれた。夜鷹ではなかった。袴《はかま》姿で、刀を差している。武士らしい。

「辻斬《つじぎ》り！」

利之助は、ギョッとして立ち竦《すく》んだ。

長兵衛も足が竦んで、その場に棒立ちになった。

柳原通りは、辻斬りがあらわれることがあった。それで、長兵衛たちは柳原通りを避けて、佐久間町側の道を来たのである。

武士は足早に近付いてきた。六尺はあろうかという巨漢だった。肩幅がひろく、どっしりとした体付きをしている。

武士は、どしどしと歩いてきた。体だけでなく、顔も大きかった。夜陰のなかに、大きな目がうすくひかっている。

ワアッ！

利之助が、悲鳴を上げて反転した。

長兵衛も踵《きびす》を返して逃げ出そうとした。

だが、ふたりの足はとまったままだった。前方から迫ってくる別の人影を目にしたのである。小袖に袴姿で大小を帯びていた。こちらも、武士である。中背で、面長だった。刀の柄《つか》に右手を添えて、足早に近付いてくる。

長兵衛と利之助は凍りついたように身を硬くしてつっ立っていたが、ふいに利之助が、ヒイイッ、と喉《のど》を裂くような悲鳴を上げ、前に立った武士の脇を走り抜けようとした。

「逃がすか！」

中背の武士が叫びざま抜刀し、利之助に走り寄って刀を一閃《いっせん》させた。

振り上げざま袈裟《けさ》へ——。

一瞬の太刀《たち》捌《さば》きだった。

切っ先が、利之助の肩から胸にかけて斜めに斬り裂いた。

利之助は身をのけ反らせ、血を撒《ま》きながらよろめいたが、足がとまると腰からくずれるように転倒した。

一方、長兵衛の前には、鬼のような顔をした巨漢の武士が立ち塞《ふさ》がっていた。抜刀し、三尺はあろうかという長刀を手にしていた。

「た、助けて！」

長兵衛は、後ずさりながら声を上げた。体が激しく顫《ふる》えている。

巨漢の武士は、長刀を八相《はっそう》に構えた。いや、八相にしては低過ぎる。刀を右肩より低く、右の二の腕あたりの高さにとり、切っ先を横にむけている。変わった構えである。

「逃げてみろ」

巨漢の武士が低い声で言った。

その声で、長兵衛が反転しようとした瞬間だった。

キエエッ！

巨漢の武士の甲走《かんばし》った気合がひびいた。

刹那《せつな》、巨漢の武士の長刀が横一文字に疾《はし》り、キラッと月光を反射《はね》た。次の瞬間、鈍い骨音がし、長兵衛の首が横にかしいだ。

首から血飛沫《ちしぶき》が驟雨《しゅうう》のように飛び散り、長兵衛はその場で倒れた。悲鳴も叫び声も上げなかった。

地面に仰向けに倒れた長兵衛は、四肢《しし》を痙攣《けいれん》させているだけで動かなかった。すでに、意識はないらしい。

巨漢の武士は血振《ちぶ》り（刀身を振って血を切る）をくれて納刀すると、

「笹野《ささの》、金は入っていそうか」

と、もうひとりの武士に声をかけた。笹野という名らしい。

笹野は長兵衛の懐《ふところ》に手を入れ、

「たんまり入っていそうだ」

と、口元に薄笑いを浮かべて言ってから、財布を取り出した。

「二十両ほどある。だいぶ、溜《た》まったな」

笹野は、財布を己《おのれ》の懐に入れた。

「まだ足りん」

巨漢の武士は、懐手をして和泉橋の方へ足をむけた。

笹野は足を速めて巨漢の武士に追いつくと、

「どこかで、一杯やるか」

と声をかけた。

「いいな」

巨漢の武士は目を細めた。笑ったらしい。

2

伊丹茂兵衛《いたみもへえ》は、飯櫃《めしびつ》のめしを丼《どんぶり》に盛ると、

「松之助《まつのすけ》、腹一杯食え」

そう言って、松之助に手渡した。

「はい」

松之助は手にした丼のめしに箸《はし》を伸ばし、さっそく食べ始めた。菜は、薄く切ったたくあんと、油揚げと小芋の煮物だった。煮物は茂兵衛たちの隣りに住むおときが、昨夕、「余分に作ったから、食べてくださいな」と言って持ってきてくれたものので、夕餉《ゆうげ》に食べた残りである。

茂兵衛と松之助が住んでいるのは、浅草駒形町《あさくさこまがたちょう》にある棟割《むねわ》り長屋の庄右衛門店《しょうえもんだな》である。

茂兵衛は、すでに五十路《いそじ》を超えていた。初老といっていい歳《とし》である。一方、松之助はまだ十歳で、顔には幼さが残っていた。松之助は、茂兵衛の孫だった。松之助の父母が亡くなったため、茂兵衛が育てていたのである。

おときは、庄右衛門店に住む出戻りの大年増《おおどしま》である。十七、八のころ大工の音吉《おときち》に嫁いだが、三年ほど前に亭主を亡くしていた。普請《ふしん》中の屋根から落ち、下に積んであった材木の角で頭を強く打って死んだのである。

おときは亭主が亡くなった後、父親の住む庄右衛門店にもどってきた。音吉が亡くなる一年ほど前に、母親のおまさが流行病《はやりやまい》にかかって急逝していたため、おときは父親の安造《やすぞう》とふたりで長屋で暮らすようになったのだ。

おときは、世話好きだった。隣りに住む年寄りの茂兵衛とまだ子供の松之助が、不自由な長屋暮らしをしているのを見て、何かと世話を焼いてくれた。

茂兵衛と松之助が朝めしを食い終えていっときすると、家の戸口に近付いてくる足音がした。足音は腰高障子《こしだかしょうじ》のむこうでとまり、

「伊丹の旦那、いやすか」

と、弥助《やすけ》の声がした。

弥助は口入れ屋、福多屋《ふくたや》の奉公人だった。口入れ屋は請宿《うけやど》、人宿《ひとやど》などとも呼ばれ、奉公人を雇う側と雇われる側の間にたって、双方から金銭を得る商売である。福多屋は奉公人の世話だけでなく、普請場や桟橋の荷揚げなどの力仕事も世話していた。牢人《ろうにん》の身である茂兵衛は、口を糊《のり》するために福多屋に出かけて仕事を世話してもらっていたのだ。

「いるぞ」

茂兵衛が声をかけると、すぐに腰高障子があいて弥助が顔を出した。

「旦那、佐久間町でふたり殺《や》られたのを知ってやすか」

弥助が声をひそめて訊《き》いた。

「いや、知らぬ」

「下手人は辻斬りらしいが、町方の他にも大勢集まってますぜ」

どうやら、弥助は現場を見てきたらしい。

「そうか」

茂兵衛は関心がなかった。辻斬りなど珍しくなかった。それに、茂兵衛には何のかかわりもなかったのである。

「柳村《やなぎむら》の旦那に、伊丹の旦那にも声をかけろ、と言われて来たんでさァ」

柳村は現場にいるようだ。

柳村練三郎《れんざぶろう》は御家人の家に生まれたが、いまは牢人で茂兵衛と同じように福多屋に出入りして口を糊していた。

「柳村がそう言ったのか」

茂兵衛が、念を押すように訊いた。

「そうでさァ。旦那も、見ておいた方がいいと言ってやしたぜ」

「行ってみるか」

ただの辻斬りではないらしい。

茂兵衛は松之助に長屋にいるよう言い置いて、弥助といっしょに路地木戸から出た。そして、大川端《おおかわばた》の道から諏訪町《すわちょう》の路地に入った。

茂兵衛たちは路地を抜けて日光街道に入り、賑《にぎ》やかな浅草御門の前にかかる浅草橋のたもとに出た。

「こっちで」

弥助が先にたち、神田川沿いの通りを西にむかった。

神田川にかかる新シ橋《あたらしばし》のたもとを過ぎてしばらく歩くと、前方に和泉橋が見えてきた。

「あの橋のたもと近くでさァ」

そう言って、弥助は足を速めた。

和泉橋に近付くと、岸際に人だかりができていた。通りすがりの者が多いようだが、町奉行所の同心の姿もあった。町方同心は小袖を着流し、羽織の裾《すそ》を帯に挟む、巻き羽織と呼ばれる独特の格好をしているのでそれと知れる。

「柳村の旦那ですぜ」

弥助が指差した。

人だかりのなかほどに柳村の姿があった。そばに、八丁堀《はっちょうぼり》同心と岡っ引きらしい男が立っていた。斬殺《ざんさつ》された死体を見ているようだ。

柳村は三十がらみだった。総髪で面長、鼻筋のとおった端整な顔立ちをしている。ただ、顔には物憂げな表情があり、むっつりしていることが多かった。

柳村は福多屋の近くの借家に、おしのという年増と住んでいた。ふたりに子供はなく、おしのは浅草並木町の料理屋で女中をしている。

茂兵衛と弥助は、人垣を分けて柳村に近付いた。

柳村は茂兵衛たちに気付き、

「ここだ」

と言って、手を上げた。

茂兵衛は柳村に身を寄せた。弥助は、茂兵衛の後ろについている。

「見ろ、これを」

柳村が一間《いっけん》ほど離れた場所に横たわっている男を指差した。その男を前にして、八丁堀同心の姿があった。検死をしているらしい。

「これは！」

思わず、茂兵衛は息を呑《の》んだ。

## 3

倒れている男の首が、折れてまがったように横にかしいでいた。截断《せつだん》された首の骨が見える。下手人は、男の首の後ろの皮肉だけ残して斬ったようだ。辺りは、首から飛び散った血で赭黒《あかぐろ》く染まっている。

「下手人は、刀を真横に払って斬ったようだ」

柳村が声を殺して言った。

「変わった太刀筋だな」

刀を真横に払って首を斬る、という刀法はめずらしかった。茂兵衛は、聞いたことがなかった。

「それに、手練《てだれ》だ」

柳村の切れ長の目がひかっていた。刀による傷口を見て、斬った者の腕のほどを見抜く目を持っている。

柳村は柳生新陰流《やぎゅうしんかげりゅう》の達人だった。生まれは御家人の冷や飯食いだが、若いころ剣で身を立てようと発心し、尾張《おわり》まで出かけて柳生新陰流を修行したようだ。

柳村は尾張の地で修行を重ね、柳生新陰流の遣い手になって江戸へもどった。ところが、江戸にもどっても仕官の道はなかった。かといって、江戸で道場をひらくだけの金もない。それに、兄が家を継いだこともあって実家にも居辛《いづら》くなり、家を出て牢人暮らしを始めたのだ。

「この男は」

茂兵衛は斬殺された男に目をやって訊いた。

「名は知らぬが、薬種問屋のあるじらしい」

柳村が、野次馬たちの話を耳にして分かったと言い添えた。

「もうひとり、斬られていると聞いたが」

茂兵衛が周囲に目をやった。

「そこだ」

柳村がすこし離れた神田川の岸際を指差した。

そこにも、人だかりができていた。やはり多くは通りすがりの者らしいが、八丁堀同心と岡っ引きらしい男の姿もあった。

「向こうは、手代らしい」

柳村が、「見てみるか」と言って、その場を離れようとしたとき、人垣がざわついた。

商家の奉公人らしい男たちと二挺《にちょう》の辻駕籠《つじかご》が、こちらにやってくる。野次馬たちは慌てて身を引いた。

人垣のなかから、「太田屋の奉公人だぞ」「若旦那もいる」「遺体を引き取りに来たようだ」などいう声が聞こえた。どうやら、野次馬のなかに、殺されたふたりのことを知っている者たちがいるようだ。

駕籠の先頭に立っていた細縞《ほそじま》の小袖に羽織姿の男が、横たわっている死体の前にかがんでいた八丁堀同心に近付き、

「て、てまえは、長兵衛の倅《せがれ》、智次郎《ともじろう》でございます。父を引き取りたいのですが」

と、声を震わせて言った。

どうやら、太田屋から、ふたりの亡骸《なきがら》を引き取りに来たらしい。駕籠で、運ぶのであろう。

遺体のそばにいた同心が立ち上がり、

「長兵衛たちは辻斬りの手にかかったらしいが、昨夜《ゆうべ》、柳橋の浜喜屋に行ったそうだな」

と、智次郎に訊いた。同心は、手先の岡っ引きたちから報告を受けたらしい。

「そうです」

「ふたりは、浜喜屋からの帰りに、ここを通ったようだ」

同心は顔をしかめ、「これで、首を斬られたのは、三人目だ」とつぶやいた。どうやら、他にも、辻斬りに首を斬られた者がいるらしい。

「遺体を引き取ってもよろしいでしょうか」

智次郎が腰をかがめて訊いた。

「引き取ってくれ」

同心は、「手代も見てみるか」と言い置いて、その場を離れた。

「わしらも、行ってみよう」

茂兵衛たちは、同心の後について別の人だかりの方へ足をむけた。

人垣が割れ、岸際に横たわっている男の姿が見えた。茂兵衛たちは同心の後ろについて、横たわっている男に近付いた。

「この男は、袈裟か」

茂兵衛が小声で言った。斬殺された手代も仰向けに倒れていた。肩から胸にかけて袈裟に斬られている。

「一太刀だな」

柳村が倒れている手代を見すえて言った。

「あるじを斬った者とは、別人だな。まるで、太刀筋が違う。こちらも、手練とみていいな」

茂兵衛も、太刀筋を見て斬った者の腕のほどを見抜く目を持っていた。老いてはいたが、一刀流《いっとうりゅう》の手練である。

茂兵衛の家は、幕臣ではなかった。三年ほど前まで、出羽国《でわのくに》にある亀沢藩《かめざわはん》七万石の領内に住んでいたのだ。茂兵衛は亀沢藩士だったが、倅の恭之助《きょうのすけ》に伊丹家を継がせて隠居したのである。庄右衛門店でいっしょに住んでいる松之助は、倅の恭之助の子だった。

いま、茂兵衛が松之助といっしょに江戸で長屋暮らしをしているのには、深い理由があった。

倅の恭之助は、亀沢藩の勘定奉行《かんじょうぶぎょう》として七十石の禄《ろく》を喰《は》んでいた。ところが、恭之助は妻のふさとともに屋敷内で斬殺されたのだ。

恭之助夫婦を襲ったのは、普請方の岸崎虎之助《きしざきとらのすけ》と徒士《かち》の小柴重次郎《こしばしげじろう》のふたりだった。なぜ、岸崎と小柴が恭之助夫婦を斬殺したのか、その目的はいまだにはっきりしなかった。

恭之助夫婦が襲われたとき、茂兵衛は領内にある一刀流の道場に稽古《けいこ》に出かけていて屋敷にはいなかった。また、幼い松之助も、たまたま下働きの亀吉《かめきち》と蟬《せみ》捕りに出ていて難を逃れた。

茂兵衛は倅夫婦の敵《かたき》を討つため、岸崎と小柴の行方を探したが、みつからなかった。その後、ふたりが出奔して江戸に出たことが分かり、茂兵衛は松之助を連れて江戸にむかったのである。

茂兵衛と松之助は、岸崎と小柴を探すためもあって江戸市中に住むことを決め、ふたりだけで庄右衛門店で暮らすようになったのだ。

「ふたり組の辻斬りか」

柳村が不審そうな顔をした。

「それも、手練だ」

ふたり組の辻斬りは、めずらしかった。しかも、ふたりとも腕がたつ。何か理由があって、ふたりで組んでいるのではあるまいか。

「首を刎《は》ねる辻斬りだがな。一月《ひとつき》ほど前も、耳にしたことがあるぞ。そのときも、斬られたのは商家の旦那だったらしい」

柳村が言った。

「金が目当てか」

茂兵衛たちがそんなやり取りをしていると、駕籠舁《かき》の掛け声が聞こえた。太田屋のあるじと手代の亡骸を乗せた二挺の駕籠が、奉公人たちとともに人込みから離れていく。

4

「松之助、素振りからだ」

茂兵衛が声をかけた。

ふたりがいるのは、長屋の脇にある空き地だった。そこが、ふたりの稽古場だった。茂兵衛は松之助に父母の敵を討たせるため、江戸に出ても松之助に剣術の稽古をさせていたのだ。

「真剣ですか」

松之助が訊いた。

「そうだ」

茂兵衛は、当初松之助に竹刀《しない》や木刀を遣って稽古をさせていたが、ちかごろは真剣を遣うことが多かった。敵討ちは、真剣勝負である。しかも、敵の岸崎と小柴にいつ出会うか分からない。いつ出会っても後れをとらないよう、真剣を遣っての稽古が必要だったのだ。

松之助は腰に差していた大刀を抜いた。ちかごろ、松之助は稽古のおりに真剣を腰に帯びてくる。

松之助はまだ十歳だった。歳にしては大柄だったが、それでも二尺四寸の大刀を腰に差すと、ひどく長く感じられる。

「青眼《せいがん》に構えてみろ」

茂兵衛が言った。

「はい」

松之助は青眼に構えた。このところ、真剣を遣っての稽古が多かったので、構えも悪くなかった。腰が据わり、剣尖《けんせん》も敵対した相手の目線あたりにむけられている。

「よし、振ってみろ。初めは、ゆっくりとな」

「はい」

松之助は真剣を振り上げ、ゆっくりと振り下ろした。

「それでいい」

茂兵衛は、つづけろ、と声をかけ、自分も抜刀して真剣を振り始めた。

ふたり並んで真剣を振り続け、小半刻《こはんとき》（三十分）もすると、ふたりの顔を汗がつたうようになった。

「素振りは、これまでだ」

茂兵衛は手にした刀を下げた。

松之助は額に浮いた汗を手の甲でぬぐいながら、

「次は、斬り込みですか」

と、訊いた。息が弾んでいる。

「そうだ」

茂兵衛は松之助の前に立つと、青眼に構えて切っ先をむけた。そして、「敵の岸崎と小柴が、前に立っていると思って斬り込め」と声をかけた。

「はい！」

松之助は、対峙《たいじ》している茂兵衛が切っ先を下げて一歩身を引く瞬間をとらえ、タアッ！　と気合を発しざま斬り込んだ。

松之助の切っ先は、茂兵衛が立っていた辺りに斬り下ろされた。

「いま、一手！」

茂兵衛はふたたび、青眼に構えて切っ先を松之助にむけた。

ふたりの動きと太刀捌きは、さきほどとほぼ同じだった。しばらくつづけると、松之助の息が乱れてきた。構えもくずれている。

「これまでだ」

茂兵衛が声をかけた。真剣を遣っての稽古は、疲れで気が集中できなくなったらやめることにしていた。ちょっとした気の緩みで、切っ先を浴びるからだ。

「長屋に帰って、冷たい水でも飲むか」

「はい！」

松之助が声高に言った。

こうした稽古の後で飲む冷たい井戸水は、ふたりにとって何よりの御馳走《ごちそう》だった。

ふたりが、空き地から長屋の方に歩きかけたとき、弥助の姿が見えた。足早に近付いてくる。

「どうした、弥助」

茂兵衛が先に声をかけた。

「仕事でさァ」

弥助が声をひそめて言った。

「富蔵《とみぞう》からの話か」

富蔵は、福多屋のあるじである。

「そうで」

「すぐ、行く」

富蔵から呼び出しがあったとすれば、ただの仕事ではない。茂兵衛は、「先に長屋へ帰りなさい」と松之助に言い、弥助とともに福多屋にむかった。

福多屋は駒形堂《こまがたどう》の近くにあった。庄右衛門店からすぐである。福多屋の戸口の腰高障子をあけると、正面に帳場があった。そこが、あるじの富蔵の仕事場である。

富蔵は帳場机を前にして帳簿を捲《めく》っていたが、茂兵衛と弥助が入っていくと、顔を上げ、

「伊丹さま、お待ちしていました」

と言って、満面に笑みを浮かべた。

富蔵は還暦に近い老齢だったが、老いはあまり感じさせなかった。ふっくらした丸顔で、いつも笑っているような顔をしていた。恵比須《えびす》を思わせるようなふくよかな顔である。

福多屋の店名は、当初福田屋《ふくだや》だった。ところが、仕事の斡旋《あっせん》を頼みに来た男が「富蔵さんと話していると、店に七福神がいるような気になる」と口にしたのを耳にし、福多屋と変えたのである。

「富蔵、何か話があるそうだな」

茂兵衛が訊いた。

「奥で、お話ししたいのですが」

富蔵の顔から笑みが消えた。

富蔵が、奥で話したいと言うときは口入れ屋の仕事ではなかった。茂兵衛たちに

特別な仕事を頼むときだけ、奥の小座敷を使っていたのだ。

茂兵衛は無言でうなずき、富蔵につづいて奥にむかった。弥助も話にくわわるらしく、茂兵衛の後についてきた。

富蔵は茂兵衛と弥助が小座敷に腰を下ろすのを待ち、

「お茶を淹《い》れましょう」

と言って、小座敷を出た。おそらく、奥にいる女房のおさよに茶を淹れるよう話しに行ったのだ。

富蔵の家は、富蔵と女房のおさよ、それに娘のお春《はる》の三人家族である。富蔵は年を取ってから生まれた一人娘のお春をことのほか可愛がっていた。

5

待つまでもなく、富蔵はすぐに小座敷にもどってきた。

「突然、お呼びたてして申し訳ありません」

富蔵は笑みを浮かべてそう言った後、

「裏の仕事でしてね」

と、声をひそめて言った。

いた。富蔵は口入れ屋の仕事の他に、「裏の仕事」と称する特別な仕事の依頼も受けていた。商家の用心棒、揉《も》め事の始末、下手人の捕縛、そして殺しである。表に出せない仕事を裏で、ひそかに引き受けていたのだ。

「殺しか」

茂兵衛が訊いた。

茂兵衛は殺しの仕事だけを受けていた。しかも、相手が武士のときだけである。茂兵衛の胸の内に、武士の殺しを引き受けて江戸市中を歩きまわれば、敵の岸崎と小柴に出会えるかもしれないとの思いがあったからだ。

「はい、それに相手はお侍とみています」

富蔵が低い声で言った。笑みを消した富蔵の目がうすくひかっている。

「話してくれ」

「相手は辻斬りです」

「辻斬りか」

茂兵衛の脳裏を、和泉橋のたもと近くで見た、太田屋のあるじの長兵衛と手代の利之助の無残な死体がよぎった。

「旦那たちは、太田屋さんのあるじの長兵衛さんと手代の利之助さんが殺されたのをご存じですね」

そう言った後、富蔵は弥助に目をやった。富蔵は弥助から辻斬りの話を聞いているようだ。

「知っている」

「依頼は、太田屋さんからです」

富蔵が言い添えた。

「それで、依頼主は」

茂兵衛は、太田屋のだれが依頼したのか知りたかったのだ。

「殺された長兵衛さんの倅の智次郎さんです」

「智次郎か」

茂兵衛は、智次郎も現場で見ていた。

「父親の敵を討って欲しいとのことです」

「辻斬りはふたりらしいが、そのふたりを斬れということか」

「そうです」

「この件は、八丁堀がかかわっている。下手人のふたりは、八丁堀に捕らえられるのではないか」

町方の手で捕らえられれば、下手人はまちがいなく死罪である。敵を討ったと同じことになる。

「それが、八丁堀の旦那たちが尻込みしてるんでさァ」

黙って聞いていた弥助が口を挟んだ。

「どういうことだ」

「あっしらが、和泉橋のたもとへ出かけた二日後、辻斬りを探っていた猪吉《いきち》ってえ御用聞きが、柳原通りで首を斬られて死んだんでさァ」

「辻斬りに斬られたのか」

「まちげえねえ。殺された長兵衛とそっくりな傷だったと聞いてやす。それで、御用聞きたちが尻込みしちまって……。八丁堀の旦那も、手先たちが動かねえことにはどうにもならねえし、下手《へた》に動くと狙《ねら》われるとみてるようでさァ」

「そうか」

　茂兵衛は、岡っ引きたちが辻斬りを恐れる気持ちが分かった。太田屋のあるじと手代が無残に殺された後、仲間の岡っ引きも同じ下手人の手にかかったとなれば、尻込みして当然だろう。

　茂兵衛は、辻斬りが猪吉の首を斬って殺したのは、おれを探れば、こういう目に遭《あ》うと岡っ引きや八丁堀に知らせるために、わざとそうしたのではないかと思った。

　次に口をひらく者がなく、小座敷が重苦しい沈黙につつまれたとき、廊下を歩く足音がして障子があいた。

　姿を見せたのは、おさよだった。おさよは、湯飲みを載せた盆を手にしていた。

「お茶がはいったようですよ」

　茂兵衛が笑みを浮かべて言った。

　おさよは、座敷にいる三人の男の膝先《ひざさき》に湯飲みを置くと、

「伊丹さま、松之助さんはお元気ですか」

　と、茂兵衛に声をかけた。

おさよは、松之助が親の敵を討つために、祖父の茂兵衛とふたりで出羽国から江戸に出てきたことを知っていた。子を持つ母親として、まだ子供の松之助が父母の敵を討つために祖父と長屋暮らしをしていることが、不憫《ふびん》でならなかったのだろう。

「元気だ」

それだけ言うと、茂兵衛は膝先の湯飲みに手を伸ばした。この場で、おさよと松之助のことを話す気になれなかったのである。

「何かあったら、お声をかけてください」

おさよは富蔵に言い残し、小座敷から出ていった。

「智次郎は、町人であっても父親の敵を討ちたいわけか」

茂兵衛が湯飲みを手にしたまま言った。

「そうですよ。親を殺された恨みは、武士も町人も同じです」

「わしは引き受けてもいいが、柳村は」

辻斬りのふたりは、強敵とみていい。柳村も茂兵衛と同じように殺しの裏稼業を引き受けていたので、今度も柳村がいっしょなら心強い。

「柳村さまには、引き受けてもらいました」

富蔵によると、柳村が福多屋に顔を出したときに話をしたという。柳村は、やってもいいと答えたそうだ。

「それなら、わしも引き受けよう」

茂兵衛はいっとき茶をすすった後、

「それで、殺しの依頼金は」

と、声をひそめて訊いた。

「敵ひとりにつき、二百両。ふたりで、四百両です。……ふたりを討ち取った後で、さらに礼金として二百両つつむそうです」

「安くないな」

「はい」

「どう分ける」

茂兵衛が訊いた。礼金の二百両は後にして、依頼金の四百両をどう分けるかである。

「弥助はどうします」

富蔵が訊いた。弥助がくわわるかどうかで、礼金の分配も変わってくる。

「あっしも、手伝わせていただきやす」

弥助は殺しに直接手を出さないが、その時の状況によって、連絡役《つなぎ》、見張り、敵の尾行などを引き受けていた。

「弥助にも、頼みますかね」

富蔵はそう言った後、すこし間を置いてから、

「どうです。伊丹さまと柳村さまとで百五十両ずつ分けてもらい、残った百両を手前と弥助とで、五十両ずつということにしたら」

と、茂兵衛と弥助に目をやって言った。これまでも、殺しに直接かかわる者が依頼金の大半を受けとっていた。命懸けの仕事だからである。

「わしは、それでいい」

茂兵衛が言った。

「あっしも」

「では礼金の二百両は、いただいてから考えましょうか」

富蔵が目を細めて言った。

殺しの依頼を受けた翌日、茂兵衛は朝餉を終えていっとき休んでから、

「松之助、剣術の稽古に行くぞ」

と、声をかけた。

## 6

茂兵衛は殺しの依頼を受けても、すぐに動くわけではなかった。相手によって違うが、今度のように相手の正体も居場所も分からないような場合は、どうしても長丁場になる。

依頼を受けた日に、茂兵衛は弥助とふたりで神田須田町にある薬種問屋の太田屋を見に行っただけである。ともかく、店だけでも見ておこうと思ったのだ。

太田屋は、店をひらいていた。客も出入りしている。すでに初七日《しょなのか》は終わっていたので、これまでと同じように商いを始めたようだ。

そして、今日、これまでと変わらず、茂兵衛は松之助と剣術の稽古をするつもりで、稽古場にしている空き地に松之助を連れ出したのだ。

茂兵衛が松之助と空き地で剣術の稽古を始め、小半刻（三十分）ほどしたときだった。

おときが忙《せわ》しなさそうな足取りでやって来て、

「い、伊丹の旦那、長屋にお客さんがみえてますよ」

と、声をつまらせて言った。よほど急いで来たらしく、顔を紅潮させ、肩で息をしていた。

「だれかな」

「亀沢藩の方だそうです」

おときも、茂兵衛たちが亀沢藩の領内から江戸に出てきたことを知っていた。

「すぐ行く」

茂兵衛は松之助に、素振りだけして帰るように言い置いてから、おときといっしょに長屋にむかった。

茂兵衛の家の戸口に、ふたりの武士が立っていた。ふたりとも、初めて見る顔だった。羽織袴姿で二刀を帯びている。

「伊丹茂兵衛どのでござるか」

前に立った武士が訊いた。三十代半ばであろうか。首の太い、がっちりとした体《たい》
軀《く》の男だった。

「いかにも伊丹だが、そこもとたちは」

茂兵衛は戸口に立ったまま訊いた。

「それがし、亀沢藩の江戸詰めの下目《しため》付《つけ》、村越八十郎《むらこしやじゅうろう》にござる」

亀沢藩の下目付は大目《おおめ》付《つけ》の配下で、藩士たちの勤怠《きんたい》を監察する役だった。藩士が何か事件を起こせば調査し、大目付に報告する任務もある。

「国元の下目付、成川宗之《なるかわそうの》助《すけ》です」

もうひとりの痩身《そうしん》の武士が名乗った。こちらも、三十代半ばと思われた。

「伊丹茂兵衛だが、わしに御用かな」

茂兵衛は、ふたりと面識はなかったし、訪ねてきた理由も分からなかった。

「伊丹どのに、お訊きしたいことがあって参ったのです」

村越が言った。

「ともかく、家に入ってくれ」

戸口に立ったまま話すわけにはいかなかったので、茂兵衛は腰高障子をあけてふ

たりをなかに入れた。

　おときも入ってきて、「伊丹の旦那、お茶を淹れましょうか」と耳打ちしたが、茂兵衛は断った。お茶を飲みながら話す内容ではないような気がしたのだ。

「何かあったら声をかけてくださぃ」

　そう言ってから、おときはふたりの武士に頭を下げ、すぐに土間から出ていった。

　茂兵衛たち三人は座敷に上がらず、上がり框《がまち》に腰を下ろした。

「どんな話かな」

　茂兵衛が訊いた。

「伊丹どのは、十日ほど前、神田川にかかる和泉橋の近くで商家の者がふたり、辻斬りに殺されたことはご存じでござろうか」

　村越が言った。

　茂兵衛は村越がいきなり辻斬りのことを持ち出したので驚いたが、

「知っている」

　そう言っただけで、現場に行って殺されたふたりを見たことは口にしなかった。

　それより、村越がなぜ辻斬りのことなど持ち出したのか気になった。

「三日ほど前、江戸詰めの者から耳にしたのでござるが、殺されたひとりは首を横に斬られていたらしい」

「それで」

茂兵衛は話の先をうながした。

すると、村越の脇に腰を下ろしていた成川が、

「半年ほど前、脱藩した普請方の増沢剛蔵《ますざわごうぞう》という男をご存じでしょうか」

と、身を乗り出すようにして訊いた。

「知らぬが、その男は何ゆえ脱藩したのだ」

「増沢は雲仙流《うんぜんりゅう》の遣い手で、剣で身を立てたいと言って国元を出たようです」

成川によると、増沢は郷士《ごうし》の家柄だったので出世を見込めず、江戸に出て剣で身を立てる気になったらしいという。

雲仙流は、亀沢藩の領内にひろまっている剣の流派だった。雲仙平八郎《へいはちろう》という郷士が、上州馬庭《じょうしゅうまにわ》の地で馬庭念流《ねんりゅう》を身に付け、さらに廻国修行をつづけて剣の精妙を会得した。その後、亀沢藩にもどって道場をひらき、雲仙流と称して門人たちを集めた。雲仙流は馬庭念流と通じるところがあり、国元では雲仙念流とも呼ばれてい

た。

「雲仙流か」

茂兵衛の目に鋭いひかりが宿った。

倅夫婦を斬殺し、江戸に潜伏しているはずの岸崎と小柴も雲仙流一門だった。

「増沢は自ら工夫した首薙《くびな》ぎの太刀と称する技を遣います」

成川が言った。

「首薙ぎの太刀だと！」

思わず、茂兵衛の声が大きくなった。

「はい、長刀を横に払って敵の首を斬るのです」

「そやつだ！」

和泉橋のたもとで長兵衛を斬ったのは、増沢にまちがいない、と茂兵衛は確信した。

茂兵衛の声が急に大きくなったので、村越と成川は驚いたような顔をして茂兵衛を見た。

「実は、わしも、和泉橋のたもとで辻斬りに斬り殺されたふたりを見たのだ。殺された商家のあるじは、首を横に斬られていた」

　茂兵衛が、あるじの傷は横一文字に斬られた深いものであり、いっしょにいた手代は袈裟に斬られていたことを話した。

「ふたりは、別人に斬られたのでござるか」

　村越が念を押すように訊いた。

「そうだ」

「もうひとりは、笹野常次郎《つねじろう》かもしれぬ」

　村越によると、笹野は増沢が脱藩した三日後、後を追うように国元を出たという。ただ、笹野は藩士ではなく郷士で、増沢とは雲仙流の道場で兄弟弟子だったそうだ。

「辻斬りは増沢と笹野とみていいな」

　茂兵衛が言った。増沢と笹野は江戸で合流したにちがいない。

「ふたりは、江戸に出て辻斬りなどやっていたのか」

　村越の顔に、怒りの色が浮いた。

「ところで、村越どのたちは何ゆえここに」

　茂兵衛は、村越と成川がなぜ長屋を訪ねてきたのか分からなかった。

「年寄《としより》の鳴海《なるみ》さまに、伊丹どのを訪ねるようにと言われて参ったのです」

村越が言った。

茂兵衛は、年寄の鳴海精左衛門《せいざえもん》を知っていた。亀沢藩の場合、年寄は家老に次ぐ重職だった。

茂兵衛が松之助を連れて江戸へ来たおり、鳴海は江戸の暮らしに慣れない茂兵衛たちに助言し、相応の手当ても渡してくれた。それだけでなく、敵の岸崎と小柴の居所が知れたら連絡することも約束してくれたのだ。

「鳴海さまは、江戸に出た増沢と笹野が、伊丹どのたちが敵として行方を追っている岸崎と小柴に接触するのではないかとみておられます」

村越が声をあらためて言った。

「接触するかもしれんな」

茂兵衛の顔が、けわしくなった。敵の岸崎と小柴も雲仙流だった。増沢たちと連絡を取り合う可能性は高かった。首薙ぎの太刀と称する特異な剣を遣う増沢や笹野が、岸崎たちに味方すると厄介である。

「伊丹どの、増沢と笹野のことで何か分かったら、われらに知らせていただきたい。

「むろん、われらも、岸崎たちのことをつかんだら、伊丹どのに知らせます」

村越が強いひびきのある声で言った。村越の口調が、すこしくだけてきた。話しているうちに、お互いの気持ちが通じてきたからだろう。

「むろん知らせるが、その前に、わしが増沢たちを斬るかもしれん」

茂兵衛は、すでに太田屋の依頼で増沢と笹野を斬殺することを引き受けていた。それに、増沢たちと出会えば、その場で斬り合う状況になるかもしれない。

茂兵衛は殺しの仕事のことは口にしなかったが、太田屋から殺されたふたりの敵《かたき》を討ってほしいと依頼されていることを匂わせておいた。

「それは、かまいません。われらも、ふたりを捕らえずに斬ることになるはずです。下手に捕らえようとすれば、大勢の犠牲者が出ましょうから」

それから、村越が連絡先を茂兵衛に話した。

村越は江戸詰めの藩士で、町宿《ちょうしゅく》とのことだった。町宿は、江戸の藩邸に入れなくなった藩士が市井《しせい》の借家などに住むことである。

村越の住む借家は、小舟町《こぶなちょう》一丁目にあるそうだ。場所は入堀《いりぼり》にかかる中ノ橋の近くで、付近に武士の住む借家は一軒しかないという。

「何かあったら、村越どのに知らせよう」

茂兵衛が言った。

## 7

茂兵衛と松之助が、空き地で稽古を始めて一刻《いっとき》（二時間）ほど過ぎていた。ふたりの顔には汗が浮いている。

松之助は、空き地に立てた細い青竹を真剣で斬っていた。茂兵衛が、青竹を敵の岸崎と小柴に見立てて斬らせていたのである。

実際に斬ってみることで、どこまで踏み込み、どう刀を振るえば相手が斬れるか、体で覚えさせるのだ。

松之助が踏み込み、青竹を袈裟に斬ったとき、

「伊丹の旦那！」

弥助の声が聞こえた。

見ると、弥助と柳村が長屋の方からこちらに歩いてくる。ふたりは茂兵衛の家を

訪ね、留守だったので空き地にまわったようだ。

茂兵衛は手にした刀を鞘《さや》に納め、ふたりが近付くのを待った。

「稽古の邪魔か」

柳村が訊いた。

「いや、終わりにしようと思っていたところだ」

茂兵衛が、手の甲で額の汗を拭いながら言った。

松之助は真剣を手にしたまま弥助と柳村に目をやっている。松之助も、ふたりのことは知っていた。

「富蔵から話を聞いたよ」

柳村が声をひそめて言った。

「仕事を受けたそうだな」

茂兵衛は、柳村が太田屋の智次郎の依頼を受けたことを富蔵から聞いていた。

「承知した。……それで、今後どうするか、伊丹どのと話しておこうと思ってな」

「わしからも、話しておくことがある」

茂兵衛は、村越たちから聞いたことを柳村と弥助に話しておこうと思った。此度《こたび》の件は、亀沢藩の者たちが大きくかかわっているからだ。

「どうだ、腰を落ち着けて話さないか」

柳村が言った。

「いいな」

茂兵衛は松之助に長屋に帰っているように言った。

茂兵衛は、松之助の前で殺しの仕事の話はしたくなかったのだ。松之助は茂兵衛が福多屋に出入りし、柳村といっしょに仕事をすることを知っていたが、裏稼業として殺しをやっていることまでは知らなかった。

松之助が空き地を出ると、

「どうだ、笹菊《ささぎく》で話さないか」

茂兵衛が言った。

笹菊は駒形堂近くにある小料理屋だった。福多屋から近いこともあって、殺しの仕事の依頼を受けて懐が温かいときなど、笹菊で話すことがあったのだ。

「笹菊でいい」

すぐに、柳村も承知した。

茂兵衛たちが笹菊の格子戸《こうしど》をあけると、女将《おかみ》のおとみが顔を見せた。茂兵衛がおとみに、小上がりの奥にある小座敷があいているか訊いた。小座敷なら、他の客に気兼ねなく話すことができる。

「あいてますよ」

おとみは、茂兵衛たち三人を小座敷に誘《いざな》った。

おとみは三十代半ばらしいが、化粧のせいもあってまだ二十代に見える。亭主はいないようだ。若いころ職人といっしょになったが、亡くなったのか離縁したのか、おとみが話さないので分からなかった。いまは父親の浅吉《あさきち》とふたりで笹菊を切り盛りしている。

茂兵衛はおとみに酒と肴《さかな》を頼み、おとみが小座敷から出るのを待って、

「実は、ふたりに話しておくことがあるのだ」

と、切り出した。

「太田屋の依頼の件か」

「そうだ。……あるじの長兵衛と手代の利之助を殺した辻斬りだが、ふたりが何者か知れたよ」

「なに、何者か知れただと！」

柳村が驚いたような顔をした。脇に腰を下ろしていた弥助も、目を剝《む》いて茂兵衛を見ている。まだ、殺しの依頼を承知したばかりで、三人はこれといった動きはしていなかったのだ。

「ふたりのうちひとりは亀沢藩士だった男で、名は増沢剛蔵。脱藩して、江戸に潜伏しているようだ」

「増沢剛蔵な。耳にしたことのない名だが、どうして増沢が辻斬りのひとりと知れたのだ」

柳村が訊いた。

「辻斬りが、長兵衛の首を斬った傷だ。増沢は、首を横に斬る首薙ぎの太刀と称する技を遣うそうだ」

「首薙ぎの太刀な」

まだ、柳村の顔から驚きの色が消えなかった。

「そうだ。国元にいるとき、増沢は雲仙流の道場に通うとともに、独自に首薙ぎの太刀を工夫したらしい」

亀沢藩の領内にひろまっている雲仙流のことは、以前柳村に話したことがあった。

「すると、亀沢藩の者が長兵衛の首に残されていた傷のことを知って、増沢の手にかかったとみたのだな」

「そういうことだ」

「手代の利之助を斬った男も分かっているのか」

柳村が声をあらためて訊いた。

「決め付けられないが、分かっているようだ。増沢につづいて脱藩した男で、名は笹野常次郎。笹野も、雲仙流の遣い手だ」

「ふたりとも、正体が知れているのか。……それで、亀沢藩では、増沢と笹野をどうするつもりなのだ」

「討つつもりでいる。藩としては、増沢と笹野の行状を黙って見過ごすわけにはいかないからな。脱藩したとはいえ、ふたりは町人を斬り殺して金を奪ったのだ。藩としては町方に捕らえられる前に、ふたりを始末したいはずだ」

そのために、村越や成川たちは動いているのだ。

「おれたちは、どうする」

柳村が茂兵衛に訊いた。

「わしらは太田屋の依頼どおり、相手が何者であろうと、長兵衛と利之助を殺したふたりを斬る。それだけだ」

茂兵衛が、強いひびきのある声で言った。

「いいだろう」

柳村が言うと、弥助もうなずいた。

そのとき、障子があいて、おとみと浅吉が小座敷に入ってきた。浅吉が銚子《ちょうし》を手にし、おとみが肴を盆に載せてきた。肴は、酢の物と炙《あぶ》ったするめである。

浅吉は銚子を置くと、すぐに板間にもどったが、おとみは小座敷に残って茂兵衛たちに酒をついでくれた。

おとみが小座敷に残ってしばらくすると、店の表戸をあける音がし、何人かの足音と酔った男の濁声《だみごえ》が聞こえてきた。客が入ってきたらしい。

「ゆっくりしてってくださいね」

そう言い残し、おとみは小座敷から出ていった。

急に小座敷が静かになったとき、

「これから、どうしやす」

と、弥助が茂兵衛と柳村に目をやって訊いた。

「まず、増沢と笹野の居所をつきとめねばならぬが……」

茂兵衛は、迂闊《うかつ》に動けないと思った。増沢たちに気付かれれば、命を狙われるだろう。それに、居所をつきとめるための手掛かりがないのだ。いまできることは、国元にいるとき、雲仙流の同門だった江戸詰めの亀沢藩士からたぐることだが、弥助と柳村には無理である。

「わしは、亀沢藩の者にあたってみるが、ふたりはしばらく様子をみてくれ。何か動きがあるはずだ」

増沢と笹野にも新たな動きがあるのではないか、と茂兵衛は思った。

# 第二章　追跡

## 1

「いい日和《ひより》だな」

茂兵衛が腰高障子に目をやって言った。障子が、朝陽《あさひ》を映じて白くかがやいている。

五ツ半（午前九時）ごろだった。茂兵衛と松之助は、朝餉を食べ終えて座敷でくつろいでいた。

「爺さま、稽古ですか」

松之助が声高に訊いた。

「どうするかな」

朝餉のとき、茂兵衛は松之助の掌《て》の肉刺《まめ》がつぶれて血が滲《にじ》んでいるのを目にしていた。むろん、掌の肉刺がつぶれたぐらいでとやかく言っていたら、剣術の稽古はできない。ただ、長屋で暮らしていると、松之助と同じ年格好の子供たちが集まって遊んだり、両親に甘えたりしているのをよくみかける。茂兵衛は、松之助だけが子供たちとは交わらず、剣術の稽古に明け暮れていることが不憫でならなかった。それに、気晴らしも必要である。

「松之助、今日はふたりで浅草寺《せんそうじ》にお参りに行って、帰りに饅頭《まんじゅう》かだんごでも食うか」

茂兵衛が笑みを浮かべて言った。茂兵衛は殺しの依頼金をもらっていたので、懐は温かかった。

「爺さま！　お参りに行きます」

松之助が、目をかがやかせて言った。

「よし、行こう」

茂兵衛は立ち上がった。

ふたりは長屋を出ると、大川端の道を川上にむかい、駒形堂の脇へ出てから浅草寺の門前通りに入った。門前通りには、ちらほら人影があった。参詣《さんけい》客が多いようだ。通り沿いの店のほとんどはしまっていたが、土産《みやげ》を売る店や茶店にはひらいているところもあった。朝の早い参詣客相手に商売をしているらしい。

茂兵衛と松之助は、浅草寺のお参りを済ますと、ひらいていた茶店に立ち寄り、饅頭を食った。

「爺さま、うまい！」

松之助は、嬉《うれ》しそうな顔をして饅頭を頰《ほお》ばった。

茂兵衛は松之助が饅頭を食べ終えるのを待ち、

「これも、食え」

と言って、手にした饅頭を松之助の前に差し出した。

「爺さまは、食わないのですか」

「わしは、朝めしを腹一杯食ったのでな、腹が空いていないのだ。それにな、わしは饅頭より酒がいい」

そう言って、饅頭を松之助に手渡した。

松之助はふたつ目の饅頭も旨そうに平らげた。

「さて、長屋へ帰るか」

茶店を出ると、ふたりは長屋にむかった。

陽は高くなり、参詣客の姿もだいぶ多くなっていた。参詣客だけでなく、遊山客《ゆさん》らしい男たちの姿も目につくようになった。浅草寺の門前通りは、日中の賑わいをみせている。

茂兵衛と松之助が駒形町に出て、大川端の通りをいっとき歩くと、前方に長屋の路地木戸が見えてきた。

「路地木戸の前に、だれかいます」

松之助が指差した。

男がひとり立っていた。路地木戸まで遠かったので、町人であることは分かったが、だれなのかはっきりしなかった。

路地木戸に近付くと、立っていた男が茂兵衛たちに気付いたらしく、こちらにむかって走りだした。

「弥助ではないか」

男は弥助だった。茂兵衛を待っていたらしい。

茂兵衛も小走りになった。松之助は後ろからついてくる。

弥助は茂兵衛に近付くなり、

「旦那、どこへ行ってたんです」

と、息を弾ませて言った。

「浅草寺に、お参りにな。それより、何かあったのか」

「殺られやした。政吉《まさきち》ってえ御用聞きが！」

弥助が声高に言った。

「また、御用聞きか」

茂兵衛は、猪吉という岡っ引きが殺されたことを聞いていた。これで、ふたり目である。岡っ引きが殺されても、茂兵衛には何のかかわりもなかったが、これで、町方の動きはさらに鈍くなるだろうと思った。

「政吉は首を斬られてやした」

「首か！」

政吉も、増沢に殺られたようだ。

「政吉も、長兵衛と利之助が殺られた件を探っていたようですぜ」

弥助が言った。

「やはり、そうか」

「柳村の旦那も行きやした」

「場所は、どこだ」

茂兵衛も、現場へ行ってみようと思った。何か、新たなことが知れるかもしれない。

「馬喰町《ばくろちょう》の馬場の近くでさァ」

弥助が、知り合いの岡っ引きから場所を聞いていることを言い添えた。

「行くぞ」

茂兵衛は、傍らに立って弥助との話を聞いていた松之助に、先に長屋へ帰っているよう言って、弥助とともに馬喰町にむかった。

茂兵衛たちは大川端の道から日光街道へ出ると、南にむかい、神田川にかかる浅草橋を渡った。そして、賑やかな両国広小路を横切って馬喰町に入った。

「こっちで」

弥助が先にたち、右手の通りへ入ると、前方に馬場が見えてきた。

馬場の手前にある通りをいっとき歩くと、前方に人だかりができていた。通りすがりの野次馬が多いようだが、八丁堀同心や岡っ引きらしい男の姿もあった。

「あそこだな」

茂兵衛と弥助は、小走りになった。

2

人だかりの後方に、柳村の姿があった。野次馬たちの肩越しに、人垣のなかを覗《のぞ》いている。殺された政吉に目をやっているようだ。

柳村は後ろから近付いた茂兵衛と弥助に気付くと、人垣から離れ、

「長兵衛と同じように首を斬られている」

と、小声で言った。

「わしも、覗いてみよう」

茂兵衛は、野次馬たちの肩越しに人垣のなかを覗いた。

町人体《てい》の男が仰向けに倒れていた。男の首が、大きく横にかしいでいる。男は目を剝き、口をあんぐりあけていた。首の赭黒くひらいた傷口から、截断された首の

骨が白く見えた。男の周囲は、飛び散った血に染まっている。

「長兵衛の傷と同じだな。下手人は、刀を真横に払って斬ったようだ」

茂兵衛が、下手人は増沢にまちがいない、と声をひそめて柳村に言った。

茂兵衛はすこし身を引き、あらためて人だかりに目をやった。村越たちが来ているかと思ったのだが、それらしい姿はなかった。もっとも、市中で起きた事件が村越たちの耳に入るのは、何日か経《た》ってからだろう。

「政吉は、金目当てで殺されたのではないな」

茂兵衛が言った。政吉は、長兵衛たちを殺した下手人の探索のおりに、増沢たちに目をつけられて殺されたのだろう。

「あっしが、聞き込んでみやすよ」

そう言い残し、弥助がその場を離れた。

茂兵衛と柳村は人垣から離れると、あらためて周囲に目をやった。八丁堀同心がふたり来ていた。ふたりは、岡っ引きや下っ引きたちに何やら指示していた。聞き込みや、殺された政吉の昨夜の足取りなどを探るよう話しているのだろう。

「動きが鈍いな」

柳村が言った。

「猪吉につづいてふたり目だからな。御用聞きたちも、下手に動くと自分も殺されると思っているのではないか」

「どうする」

柳村が訊いた。

「せっかく来たのだ。近所で聞き込んでみるか」

「いいだろう」

茂兵衛と柳村は、半刻（一時間）ほどしたらこの場に戻ることにして分かれた。別々に聞き込んだ方が埒《らち》が明くとみたのである。

茂兵衛は、人だかりから離れたところにいた岡っ引きらしい小柄な男に近付き、

「ちと、訊きたいことがあるのだがな」

と、声をかけた。

「なんです」

小柄な男は、不審そうな目を茂兵衛にむけた。

「わしは、たまたまこの場を通りかかったのだが、殺されたのは御用聞きだそうだ

な」

　茂兵衛は、己の正体を知られないように通行人を装ったのだ。

「そうでさァ」

　小柄な男は、後ずさりした。顔から不審の色が消えなかった。

「実は、わしの知り合いに、町方にかかわっている者がいるのだ。たまたま、こうして御用聞きが殺された現場を通りかかったのでな、せめて殺された御用聞きの名だけでも、知り合いに知らせてやりたいのだ」

　茂兵衛は、殺された男の名は知っていたが、男から他のことを聞き出すためにそう切り出したのだ。

「政吉でさァ」

　小柄な男は、すぐに答えた。殺された男の名を隠す必要はないと思ったのだろう。

「政吉の家は、この近くか」

「本所《ほんじょ》でさァ」

「すると、両国橋を渡った先だな」

「そうでさ」

「とすると、政吉はどこかに探りに行った帰りに、ここを通りかかったのだな」

政吉は家に帰る途中、増沢に襲われたようだ。

「そうかもしれねえ」

「おまえは、政吉と話したことがあるか」

「ありやすよ。気さくないいやつでさァ。それが、あんな姿になっちまって……」

小柄な男が眉を寄せて言った。

「政吉が、どこへ探りに行ったのか、知らないかな」

茂兵衛が男に身を寄せて訊いた。もっとも知りたいことである。

「どこへ探りに行ったか分からねえが、富沢町《とみざわちょう》へ行くと、政吉から聞いたことがありやすぜ」

男は隠さずに話した。茂兵衛とやり取りしている間に、隠す気が薄れたようだ。

「富沢町のどこだ」

富沢町はひろい町である。富沢町と分かっただけでは、政吉の行った先をつかむのはむずかしい。

「聞いてねえなァ」

男は首をひねった。

念のため、茂兵衛は政吉がだれを探っていたか訊いたが、男は知らなかった。

茂兵衛は男から話を聞いた後、他の岡っ引きからも話を聞いたが、あらたなことは分からなかった。

半刻ちかく経ったので、分かれた場所に茂兵衛がもどると、柳村と弥助の姿があった。先にもどっていたらしい。

「わしから、話す」

そう言って、茂兵衛は聞き込んだことをひととおり話してから、「何か知れたか」と柳村と弥助に目をやって訊いた。

「おれも、政吉の仲間から話を聞いたのだがな。政吉は、三日前にも跡を尾《つ》けられたそうだぞ」

柳村が言った。

「政吉は、前から増沢に目をつけられていたのか」

政吉は増沢の身辺に探索の手を伸ばしていたらしい、と茂兵衛はみた。

「あっしは、気になることがあるんですがね」

弥助が言った。

「気になるとは」

茂兵衛が弥助に体をむけた。

「御用聞きたちが、みんな尻込みしてるんでさァ。殺された政吉のひどい姿を見たせいらしい」

「無理もない。これでふたり目だからな」

茂兵衛が言った。

3

五ツ半(午前九時)ごろだった。軒先から落ちる雨垂れの音が聞こえていた。だいぶ小雨になったが、長屋がひっそりとしているせいか、聞こえてくるのは雨垂れの音だけである。

「爺さま、稽古をやりたいです」

松之助が、木刀を手にして言った。

今日は朝から雨だったので松之助は行き場がなく、茂兵衛が与えた都路《みやこじ》（東海道の宿駅名）、国尽《くにづくし》（五畿内《ごきない》）などが書かれた書に目をやっていたが、飽きてしまったらしい。そうした書は、手習所《てならいどころ》（寺子屋）で使われているものだが、茂兵衛は松之助を武士らしく読み書きのできる子に育てるために与えていたのだ。

「雨が上がったらな」

茂兵衛が言った。腰高障子の向こうもだいぶ明るくなったので、しばらくすれば雨は上がるのではあるまいか。

それから半刻（一時間）ほど経ったろうか。雨垂れの音がやみ、腰高障子に薄日が差してきた。

「松之助、稽古をするか」

茂兵衛が声をかけた。

「はい」

松之助が勢いよく立ち上がった。

そのとき、障子の向こうで複数の足音がした。こちらに歩いてくる。足音は戸口でとまった。

「伊丹どの、おられますか」

障子の向こうで、聞き覚えのある声がした。

……川澄《かわすみ》どのか！

すぐに、茂兵衛は立ち上がった。松之助は、戸惑うような顔をして座敷の隅に座りなおした。

川澄市之《いちの》助《すけ》は、亀沢藩の江戸詰めの藩士だった。役柄は、先手《さきて》組《ぐみ》である。以前、茂兵衛と松之助が敵として追う岸崎虎之助と小柴重次郎の居所をつかむために奔走してくれた男である。

茂兵衛が土間に下りて腰高障子をあけると、ふたりの武士が立っていた。ひとりは川澄だった。もうひとりは、初めて見る顔だった。三十がらみと思われる恰幅《かっぷく》のいい武士である。

「こちらは、大目付の高島登《たかしまと》右《う》衛《え》門《もん》どのです」

川澄が、高島を紹介した。

「高島でござる。伊丹どののことは、鳴海さまからお聞きしております」

高島が名乗った。

亀沢藩の場合、大目付は藩士たちに目を配り、勤怠を家老に報告する役だった。大目付の配下には、下目付たちがいる。

高島は江戸詰めの大目付だった。国元にも、大目付がひとりいる。

「ともかく、なかに入ってくだされ」

茂兵衛は、川澄たちを座敷に上げた。

茂兵衛は川澄たちが腰を下ろすのを待ってから、

「見たとおり、男ふたりの長屋暮らしでな。いまは、茶も出せぬ」

茂兵衛が苦笑して言った。茶を淹れるためには、湯を沸かさねばならなかったのだ。

「茶は、結構でござる」

高島が言った。

川澄が切り出した。

「さっそくですが、伊丹どのに頼みがあって参ったのです」

「頼みとは」

「脱藩した増沢剛蔵と笹野常次郎のことです」

「ふたりのことは聞いている」

茂兵衛は、村越八十郎と成川宗之助の名を出した。茂兵衛は、すでにふたりから増沢と笹野のことを聞いていたのだ。

「伊丹どののことは、村越と成川からも報告を受けています。……増沢と笹野が江戸で何をしているか、伊丹どのは承知のことと思うが、ふたりをこのままにしておくことはできないのです」

高島が語気を強くして言った。

「いかさま」

茂兵衛がうなずいた。増沢と笹野をこのままにして、さらに悪事を重ねるようなことにでもなれば、藩の恥だけでは済まず、幕府から何らかの咎《とが》めがあるかもしれない。

「それで、伊丹どのに手を貸して欲しく、川澄とふたりで訪ねて参ったのです」

高島が訴えるような口調で言うと、脇に座していた川澄が、

「伊丹どのに、年寄の鳴海さまと会っていただきたい。藩としては、いっときも早く増沢たちを始末したいのです」

と、口を挟んだ。

「わしが、藩邸に出向けばいいのかな」

茂兵衛が訊いた。

「いや、水谷町《みずたにちよう》の福屋《ふくや》まで来ていただきたいのです」

「いつ、伺えばいい」

茂兵衛は福屋を知っていた。真福寺橋《しんぷくじばし》近くにある料理屋である。真福寺橋は、三《さん》十間堀《じつけんぼり》にかかっている。以前、鳴海と会ったときも、福屋を使ったのだ。鳴海は藩士たちに知られないようにするため福屋で茂兵衛と話したいようだ。

「明後日、八ツ半（午後三時）ごろ、来ていただきたい」

川澄が言った。

「承知した」

茂兵衛と川澄のやり取りを聞いていた高島が、

「また、福屋で会えるな」

と、茂兵衛に声をかけた後、「われらは、これにて」と言って腰を上げた。

川澄も、すぐに立ち上がった。

茂兵衛は高島たちを送り出した後、

「松之助、稽古をするか」

と、声をかけた。

すっかり雨は上がっていた。雲間から、陽が差している。稽古をするには、かえっていい日和かもしれない。

「はい！」

松之助が勢いよく立ち上がった。

4

茂兵衛が福屋の暖簾《のれん》をくぐると、女将が顔を出し、

「伊丹さまでございますか」

と、訊いた。先に来た藩士が、茂兵衛のことを女将に話してあったらしい。

「伊丹だが」

「お上がりになってください。みなさま、お待ちです」

女将は茂兵衛を上げると、二階の座敷に案内した。以前、茂兵衛が鳴海たちと話した座敷である。

座敷には、三人の藩士が座していた。正面の席が、ふたり分あいている。そこが、鳴海と高島の席であろう。

右手の席に目付筋の村越と成川が座し、左手に川澄が座っていた。川澄の脇の席があいている。そこが、茂兵衛の席らしい。

「伊丹どの、こちらへ」

すぐに、川澄が脇の席に座るよううながした。

茂兵衛が川澄の脇に腰を下ろして間もなく、階段を上がってくる足音がし、座敷の障子があいた。

女将に案内されて座敷に入ってきたのは、鳴海と高島だった。ふたりは、正面の席に腰を下ろした。

すると、川澄がすぐに立ち上がり、座敷から出ていった。女将に酒肴の膳《ぜん》を運ぶよう伝えに行ったらしい
鳴海は座すと、茂兵衛たちにあらためて目をやり、

「待たせたようだな」

と、笑みを浮かべて言った。

鳴海は初老だった。痩身《そうしん》で、妙に首が長かった。華奢《きゃしゃ》な体付きで、鬢《びん》や髷《まげ》には白《しら》髪《が》もあったが、老いは感じさせなかった。藩政を支える自覚と覇気があるせいであろう。

「伊丹、遠くまで呼び出してすまんな」

鳴海は茂兵衛に声をかけた。

「いえ、鳴海さまにはいろいろ世話をかけ、申し訳ないと思っております」

茂兵衛は、鳴海にあらためて頭を下げた。

「また、伊丹の手を借りねばならなくなったようだ」

鳴海が声を低くして言った。

そんなやり取りをしているところに、女将と女中が酒肴の膳を運んできた。女中が去り、女将があらためて挨拶《あいさつ》をしてから座敷を出ると、鳴海が先に猪口《ちょこ》を手にし、

「話は、飲みながらということにするか」

と言って、手酌で酒をついだ。

鳴海は、座敷にいた茂兵衛たちがいっとき喉を潤すのを待ち、

「これまでの経緯《いきさつ》をおぬしから話してくれ」

と、高島に声をかけた。

「増沢と笹野が脱藩した経緯はともかく、江戸でふたりがやっていることは、藩として見逃すことはできぬ」

高島は語気を強くして言った後、つづけて話したのは、増沢と笹野が市中で辻斬りをおこない、町人を斬殺して金を奪っていることだった。

「それも、首を刎ねるという残忍な手口だ。しかも、金持ちの町人ばかりを狙い、大金を奪っている」

高島が怒りの色を浮かべて言い添えた。

「それだけではありません。ちかごろ増沢たちは、探索にあたっていた御用聞きを手にかけたようです」

脇から、村越が口を挟んだ。

「伊丹、どうみる」

鳴海が茂兵衛に訊いた。

「町方たちは、増沢たちを恐れて探索に二の足を踏むはずです。それが、増沢たちの狙いとみております」

茂兵衛が言った。

「そうであろうな。……このままにしておくと、幕府の目はわが藩にむけられるかもしれん。何としても、わが藩の手で始末しないとな」

「目付筋の者は、総力を挙げて増沢と笹野の探索にあたります」

高島が語気を強くして言った。

「伊丹も手を貸してくれ」

鳴海が茂兵衛に言った。

「ふたりを斬ってもかまいませんか」

茂兵衛は太田屋の倅から、父の敵を討つため増沢と笹野を斬殺する依頼を受けていた。茂兵衛には、ふたりを生きたまま捕らえるつもりはなかったのだ。

「かまわぬ。どうせ、ふたりとも縄《ばく》につかぬだろう」

めずらしく、鳴海の声に憤怒のひびきがあった。

次に口をひらく者がなく、座敷が重苦しい沈黙につつまれたとき、

「わしには、もうひとつ懸念がある」

鳴海がそう言って、茂兵衛に目をやった。

「どのようなことでしょうか」

茂兵衛が訊いた。

「国元で伊丹の倅夫婦を斬り殺し、江戸に出て市中に潜伏している岸崎虎之助と小柴重次郎だ。ふたりは、増沢たちとつながるかもしれん。同じ雲仙流一門で、しかも四人とも藩から追われている身だからな」

「そうかもしれません」

茂兵衛は、鳴海がこの席に自分を呼んだのは、このことを話しておきたかったからだろうと思った。

鳴海は座敷に集まった高島たちに目をやり、

「それでな、岸崎と小柴のことが知れたら、まず伊丹に話してもらいたいのだ」

と、念を押すように言った。

「心得ました」

高島が応えると、座敷にいた川澄たちもうなずいた。

それから、茂兵衛たちは、しばらく酒を酌み交わしながら岸崎たちの潜伏先や探索方法などを話してから腰を上げた。

茂兵衛は鳴海と高島を送り出した後、川澄とふたりで京橋の方面に足をむけた。川澄は藩邸ではなく、堀留町《ほりどめちょう》一丁目の町宿に住んでいた。ふたりは同じ方向に帰るので、いっしょになったのだ。

「伊丹どの、岸崎たちの居所が知れたらすぐに知らせます」

川澄が言った。

「頼む」

茂兵衛と松之助が江戸で長屋住まいをしているのも、すべて倅夫婦を殺した岸崎と小柴を討つためである。

## 5

茂兵衛が福屋で鳴海たちと会った三日後、長屋近くの空き地で松之助と剣術の稽古をしていると、川澄が姿を見せた。

川澄は、ひどく慌てた様子で茂兵衛たちに走り寄り、

「成川どのが殺られた」

と、うわずった声で言った。

「なに！　成川どのが殺られたと」

茂兵衛が驚きの声を上げた。探索にあたっている藩士が殺されるとは思っていなかったのだ。

「昨夜、汐見橋《しおみばし》の近くで」

「汐見橋というと、浜町堀《はまちょうぼり》にかかっている橋か」

「そうだ」

「殺ったのは、だれだ」

「増沢にまちがいない」

川澄によると、成川は首を横に斬られているという。

「高島どのたちは」

「すでに、殺された現場にむかっている」

川澄の茂兵衛に対する言葉遣いが、朋友に対するようになっていた。慌てている

せいもあるようだが、これまで協力して事件にあたってきて、相手を信頼するようになったせいであろう。

茂兵衛も、川澄に対して仲間のような物言いをした。

「わしらも行こう」

茂兵衛は松之助に、大事が起こったので、長屋にもどるように言い、川澄とともに緑橋《みどりばし》にむかった。

茂兵衛は足早に歩きながら、

「成川どのは、増沢たちを探っていたのか」

と、念を押すように訊いた。

茂兵衛が福屋で鳴海や成川たちと会ってから三日経っていた。この間、成川は増沢の居所を探っていたのだろう。

「そうだ」

川澄が話したところによると、成川は藩士から増沢らしい男の姿を浜町堀沿いの道で見かけたことを耳にし、付近の探索にむかったという。

「そのとき、成川は増沢の目にとまったのか」

茂兵衛が訊いた。

「まだ、はっきりしたことは言えないが、そうみていいだろう」

ふたりはそんなやり取りをしながら歩き、日光街道を南にむかい、浅草橋を渡った。そして賑やかな両国広小路を横切り、同じ道を西にむかうと、前方に浜町堀にかかる緑橋が見えた。

茂兵衛たちは緑橋のたもとを左手に折れ、浜町堀沿いの道を南にむかった。いっとき歩くと、前方に別の橋が見えてきた。汐見橋である。

「あそこだ」

川澄が前方を指差した。

汐見橋のたもと近くに、人だかりができていた。そこは人通りの多い橋のたもと近くなので、通りすがりの者が集まっているようだ。武士の姿も見えた。遠方でははっきりしないが、高島たちではあるまいか。

橋のたもとまで行くと、岸際の人だかりのなかに高島と村越の姿が見えた。他に藩士らしい武士が三人いる。

茂兵衛と川澄が人垣に近付くと、

「ここだ！」

高島が手を上げた。成川の死体は、高島の足元近くに横たわっているらしい。

茂兵衛と川澄は、人垣を分けて高島に近付いた。

「見てくれ」

高島が足元を指差した。

成川が仰向けに横たわっていた。苦しげに顔をゆがめている。辺りに、赭黒い血が飛び散っていた。

「同じ傷だ！」

思わず、茂兵衛が言った。

成川は首を横に深く斬られていた。赭黒くひらいた傷口から、截断された頸骨《けいこつ》が白く覗いている。太田屋の長兵衛の傷とそっくりだった。

成川は抜き身を手にしたまま死んでいた。おそらく、ここで増沢と立ち合ったのだろう。

「成川を斬ったのは、増沢だな」

高島が念を押すように言った。

「まちがいない」

茂兵衛は、刀を水平に払った傷であることを話した。

「成川は、この辺りで増沢を見かけた者がいると聞いて、探りに来ていたのだ」

「増沢は探られていることに気付き、成川どのを襲ったのだな」

「まちがいない」

「増沢の住処《すみか》は、この近くにあるのかもしれん」

茂兵衛が言うと、高島の脇にいた村越が、

「この場に来ている者たちで、聞き込みにあたってみます」

と言って、その場を離れた。

村越は近くにいた藩士たちに声をかけ、近所で聞き込みにあたるように話してからその場を離れた。

茂兵衛は聞き込みを村越たちに任せ、現場に集まっている者たちに目をやった。八丁堀同心の姿はなく、岡っ引きと思われる者が数人いるだけだった。同心は斬られたのが藩士と聞いて、町方の仕事ではないと判断したのかもしれない。

茂兵衛は、浜町堀の岸際に立っている年配の岡っ引きらしい男を目にとめて近付いた。

「つかぬことを訊くが、近くに住む者か」

茂兵衛は、近くに住む岡っ引きなら、武士の住む家が近くにあるかどうか知っているのではないかと思ったのだ。

「旦那は、どなたさまで」

男の顔に、警戒するような色が浮いた。

「実はな、そこで殺されている者の仲間なのだ」

茂兵衛は、正体が知れないように仲間という言い方をした。

「そりゃァどうも」

男は首を竦めた。

「殺された男は、この辺りに住む武士を訪ねてきたはずなのだ。付近に、武士の住む家はないか」

「お侍の住む家ですかい」

「そうだ。ふたりで住んでいるかもしれん」

増沢と笹野は同居しているのではないか、と茂兵衛はみたのだ。

「ふたりで住んでるかどうか知らねえが、この先の富沢町に、お侍が住んでいると聞きやした」

男によると、富沢町は町人地なので、武家屋敷はないという。

「そうか」

茂兵衛は富沢町の名は知っていたが、まだ行ったことがなかったので、どんな町なのか分からなかった。

茂兵衛は男から離れ、近くにいた土地の者らしい男にあらためて訊いてみたが、増沢が住んでいると思われる家は分からなかった。

6

「伊丹の旦那」

茂兵衛は後ろから声をかけられて振り返った。

背後に、弥助と柳村が立っていた。ふたりはだいぶ急いで来たとみえ、額に汗がひかっていた。

「お侍が首を斬られている、と耳にしやしてね。ふたりで来てみたんでさァ」

弥助が声をひそめて言った。

「斬られたのは、亀沢藩の者なのだ」

と言って茂兵衛は、「ともかく、傷を見てみろ」と囁《ささや》いた。

柳村と弥助はその場を離れると、人垣を分けるようにして、倒れている成川に近付いた。

ふたりは成川の遺体に目をやったが、すぐにもどってきた。

「まちがいない、長兵衛の首を斬ったのと同じ太刀筋だ」

柳村が言った。

「下手人は、脱藩した増沢だ」

すでに、茂兵衛は柳村と弥助に増沢たちのことを話してあった。

「斬られた武士の名は」

柳村が訊いた。

「成川宗之助。増沢の隠れ家を探っていて返り討ちに遭ったようだ」

茂兵衛は隠さずに話した。

「隠れ家は、この辺りにあるのか」

「増沢たちの隠れ家かどうか分からぬが、この先の富沢町に武士の住んでいる家があるそうだ」

茂兵衛は、さきほど岡っ引きから聞いたことを言い添えた。

「富沢町に武家地はねえから、お侍が住んでいるとすれば借家か、情婦《いろ》のところにもぐり込んでいるかだな」

弥助が言った。

「おれと弥助で、探ってもいいぞ」

「柳村と弥助に頼むか」

茂兵衛は、柳村たちにまかせた方が増沢の隠れ家はつかめそうな気がした。

「それで、富沢町のどの辺りなんです」

弥助が訊いた。

「どの辺りか、分からぬのだ」

「富沢町はひろい町だ。どの辺りか分からねえんじゃァ、面倒だな」

弥助が渋い顔をした。

「土地の者に訊けば、何とかなろう」

柳村は弥助を連れて、その場を離れた。

それからしばらくすると、聞き込みにあたっていた村越たちが、ひとりふたりと帰ってきた。

茂兵衛は村越が高島に報告するのを待って、

「何か知れたか」

と、声をかけた。

「やはり、成川を襲ったのは、増沢と笹野のようです」

村越が言った。

「笹野もいっしょか」

「そのようです。成川どのが襲われたとき、近くに住む船頭が汐見橋を渡りかけていて、橋の上から見たようです。その船頭の話では、ふたりの侍が前後から襲ってひとりの侍を斬ったとのことです」

「笹野が成川どのを逃がさないようにして、増沢が襲ったのだな」

茂兵衛が言った。増沢と笹野は、この場で成川を待ち伏せして斬ったのだろう。

聞き込みにあたっていた他の藩士たちが、さらにひとりふたりともどってきた。村越と同じことを聞き込んできた者はいたが、増沢と笹野の住処をつきとめた者はいなかった。

高島は聞き込みにまわっていた者たちがもどると、辻駕籠を探して連れてくるよう指示した。成川の死体をこの場に放置できないので、辻駕籠で藩邸まで運ぶという。

茂兵衛は高島とともに、その場を離れた藩士が辻駕籠を連れてくるのを待った。しばらく待つと、藩士が辻駕籠を連れてもどってきた。

茂兵衛は高島に、

「わしは、もうすこし増沢の居所を探ってみよう」

と言って、その場に残った。茂兵衛は柳村と弥助がもどるのを待つつもりだった。

茂兵衛はひとり汐見橋のたもと近くに立って、柳村たちが帰るのを待ったが、陽が西の空にまわっても姿を見せなかった。

……先に帰るか。

茂兵衛はその場を離れ、長屋にむかった。

茂兵衛は長屋にもどると、めしを炊いた。遅くなったが、松之助も夕餉を摂《と》っていなかったのだ。

めしを炊き終え、漬物を菜にしてふたりで遅い夕餉を摂っていると、柳村と弥助が姿を見せた。ふたりは富沢町で探ったことを茂兵衛に知らせるために、長屋に立ち寄ったらしい。

茂兵衛は茶碗を箱膳に置き、上がり框のそばに行くと、

「何か知れたか」

と、すぐに訊いた。

「増沢の住処が知れやした」

弥助が土間に立ったまま言った。柳村も立ったままである。ふたりは、すぐに帰るつもりなのだろう。

「富沢町か」

「そうでさァ。借家に住んでるようですぜ」

「ひとりか」

「ふたりのようで」

弥助によると、近所で聞き込んで、ふたりで住んでいることをつかんだという。

「もうひとりの名は、分からないのだ」

柳村が言い添えた。

「それで、借家に増沢たちはいたのか」

「留守でさァ。柳村の旦那と、しばらく借家を見張ったんですがね。だれも帰《けえ》ってこねえんで」

「今日は、ここまでにして帰ってきたのだ」

柳村が言い添えた。

「明日、行ってみるか」

茂兵衛も、柳村たちといっしょに行くつもりだった。

7

翌朝、茂兵衛は柳村と弥助の三人で富沢町にむかった。

浜町堀沿いの道を南にむかい、千鳥橋《ちどりばし》のたもとを過ぎていっとき歩くと、

「この辺りから、富沢町ですぜ」

弥助が右手にひろがっている家並を指差して言った。町人地らしく、武家屋敷はなかった。行き交うひとも、町人が多かった。

「この先の栄橋《さかえばし》のたもとを右手に入《へえ》りやす」

弥助が前方に見えてきた橋を指差して言った。

茂兵衛たちは、栄橋のたもとを右手に折れた。そこは表通りで、行き交うひとの姿も多く、道沿いには商店が並んでいた。

三人は表通りに入り、しばらく歩いてから、

「こっちでさァ」

弥助が言って、通りの右手にあったそば屋の脇の路地に入った。

そこは狭い路地で、八百屋、一膳めし屋、豆腐屋など土地の住人相手の店が、ごてごてと並んでいた。歩いているのは、土地の住人らしい者が多かった。

路地をいっとき歩くと、路地沿いの店がすくなくなり、急に寂しくなった。通行人もまばらで、空き地や笹藪《ささやぶ》などが目立った。

弥助と柳村が路傍に足をとめ、

「この先にある借家ですぜ」

弥助が、半町ほど先にある仕舞屋《しもたや》を指差した。

路地沿いに、小体《こてい》な仕舞屋があった。三棟並んでいた。どれも、借家らしい造りである。

「増沢たちは、どの家に住んでいるのだ」

茂兵衛が訊いた。

「手前の家でさァ」

「今日はいるかな」

「近付いて、様子を見てみるか」

柳村が言った。

茂兵衛たち三人はすこし間を取り、通行人を装って借家に近付いた。

先にたったのは、弥助だった。茂兵衛がつづき、柳村がしんがりである。

茂兵衛は増沢の住む家の戸口近くへ来ると、すこし歩調をゆるめて聞き耳をたてたが、家のなかからは何の物音も聞こえなかった。戸口の板戸はしまったままで、ひとのいる気配はなかった。

茂兵衛は足をとめずに家の前を通り過ぎた。そして、半町ほど先で路傍に立っていた弥助に身を寄せた。

茂兵衛は柳村が近付くのを待って、

「家は留守のようだ」

と、小声で言った。

弥助と柳村は、無言でうなずいた。

「どうするな。近くに身をひそめて、増沢がもどるのを待つ手もあるが」

茂兵衛が言った。

「おれは、昨日から、増沢はここに帰っていないような気がする」

「あっしも、同じでさァ」

「ここで待っても、増沢はもどらないとみているのだな」

茂兵衛も、増沢はこの借家に帰らないような気がしてきた。

「近所で聞き込んでみるか。増沢たちの行き先をつかむ手掛かりになるような話が聞けるかもしれん」

柳村が言った。

「そうだな。この家に出入りしていた者がだれか分かれば、行き先をつきとめる手掛かりになるかもしれん」

茂兵衛は、増沢といっしょにいたのは笹野とみたが、別人が出入りした可能性もある。

三人はこの場で分かれ、一刻（二時間）ほどしたらもどることにした。別々に聞き込んだ方が、埒が明くとみたのである。

茂兵衛はひとりになると、路地を表通りにむかって歩いた。そして、路地沿いにあった春米屋《つきごめや》に立ち寄り、親爺《おやじ》に話を訊いてみた。

親爺が知っていたのは、借家に武士が住んでいることだけだった。武士の名も、いっしょに住んでいる者のことも知らなかった。

茂兵衛はさらに歩き、八百屋の店先にいた親爺に、

「わしは、この先の借家に住む武士を訪ねてきたのだが、留守のようだ」

と、切り出した。

「へえ……」

親爺は、戸惑うような顔をした。突然、店先にあらわれた老齢の武士が、訳の分

からないことを言い出したと思ったようだ。

「借家に武士が住んでいたのは、知っているな」

さらに、茂兵衛が訊いた。

「知ってやす」

「借家に住んでいたのは、増沢という名の武士でな。至急、増沢どのに伝えたいことがあって訪ねてきたのだが、家にいないのだ。増沢どのは出かけたようだが、姿を見かけなかったか」

「見かけやしたよ」

茂兵衛は増沢の名も出した。

親爺が言った。

「いつだ」

思わず、茂兵衛の声が大きくなった。

「昨日の朝方でさァ」

「昨日か！」

茂兵衛たちが成川の殺された現場に行き、柳村と弥助が増沢の住む借家を探りに来た日である。増沢は、朝のうちに借家から姿を消したらしい。亀沢藩の目付筋の者が、借家をつきとめると踏んだのであろう。

「姿を見かけたのは、増沢ひとりか」

さらに、茂兵衛が訊いた。

「三人でしたよ」

「三人だと！」

また、茂兵衛の声が大きくなった。

親爺が不安そうな顔をした。茂兵衛が声を大きくし、店のなかまで入ってきそうな剣幕だったからだろう。

「増沢といっしょにいたふたりは、武士だな」

「そうで……」

親爺はすこし後ずさった。

「ふたりの名は分かるか」

茂兵衛は、店のなかに一歩入った。

「分からねえ。……それに、店の脇からチラッと見ただけなんで」

それから、茂兵衛は、増沢といっしょにいたふたりの体軀や年格好などを訊いたが、親爺は首を横に振るだけだった。

「邪魔したな」

茂兵衛は親爺に声をかけ、店先から離れた。親爺はほっとした顔をして茂兵衛を見送っている。

さらに、茂兵衛は路地沿いの店に立ち寄って話を訊いたが、新たなことは分からなかった。

茂兵衛が借家近くの分かれた場所にもどると、柳村と弥助が待っていた。

「おれから話そう」

茂兵衛が言って、舂米屋の親爺から聞いたことを話した。

「あっしも、増沢がふたりの武士といっしょにいたという話を聞きやしたぜ」

弥助が声高に言った。

「いっしょにいたひとりは、笹野とみていいのではないか」

そう言って、茂兵衛が歩きだした。今日は、このまま長屋に帰るつもりだった。

茂兵衛につづいて歩きだした柳村が、

「もうひとりは、だれだ」

と、訊いた。

「分からん」

茂兵衛の脳裏に、岸崎虎之助のことがよぎったが、決め付けることはできなかった。

「増沢たちは、どこへ行ったんですかね」

茂兵衛の後をついてきた弥助が訊いた。

「増沢と笹野がここの借家に住んでいたとすれば、もうひとりの武士のところにむかったのではないかな」

茂兵衛は、いずれにしろ、早く増沢と笹野の居所をつかんで取り押さえないと、さらに犠牲者が出るとみた。

## 8

茂兵衛は朝のうちに松之助との稽古を終わりにすると、ひとりで長屋を出た。むかった先は、堀留町一丁目である。

川澄の住む町宿が、堀留町一丁目にあったのだ。茂兵衛は川澄に、富沢町の借家に住んでいた増沢らが、そこから姿を消したことを話すとともに、川澄から亀沢藩の目付たちの動きを聞くつもりだった。

茂兵衛は村越の住む町宿が小舟町一丁目にあると聞いていたが、そこには立ち寄らず、川澄から村越に話してもらおうと思った。堀留町と小舟町は近くだったので、ふたりは出仕のおりにいっしょになることが多々あるのではあるまいか。

茂兵衛は堀留町一丁目まで来ると、入堀《いりぼり》の近くで足をとめた。路地沿いに、借家が三軒つづいていた。手前の借家に、川澄は住んでいる。

茂兵衛が借家の戸口に身を寄せると、かすかに床を踏むような足音が聞こえた。川澄はいるようだ。

茂兵衛は板戸をたたき、「伊丹茂兵衛だ」と声をかけた。すると、「入ってくれ」と川澄の声が聞こえた。

茂兵衛が板戸をあけると、土間の先の座敷に川澄が立っていた。小袖姿で、袴を手にしていた。脇の衣桁《いこう》に羽織が掛けてある。川澄は、着替えをしていたようだ。

川澄は手にしていた袴を衣桁に掛けると、

「上がってくれ。茶も出せぬが……」

そう言って、小袖のまま座敷に腰を下ろした。茶が出せないのは、下働きの者が家を出ているせいだろう。

「川澄どのに、話があってな」

そう言って、茂兵衛は座敷に上がり、「出仕するところだったのか」と訊いた。

「遅れても、かまわないのだ。……ところで、どんな話だ」

「増沢と笹野のことだ。ふたりの居所をつきとめたのだが、留守だった」

茂兵衛はそう切り出し、増沢と笹野が富沢町の借家に住んでいたことを話した。笹野がいっしょだったか確証はなかったが、茂兵衛はまちがいないとみてそう言ったのだ。

「やはり、成川どのは、増沢たちの隠れ家を探っていて殺されたのだな」

「そうみていい」

「富沢町の借家を見張っていれば、増沢たちは帰るのではないか」

川澄が身を乗り出して訊いた。

「いや、増沢たちは富沢町の隠れ家を出たようだ。もどるつもりは、ないらしい」

「そうか」

「気になることがあるのだがな」

茂兵衛が声をひそめて言い、さらにつづけた。

「富沢町の隠れ家を出たとき、増沢たちは三人だったらしい」

「三人だと！」

川澄が声を大きくした。

「増沢と笹野の他に、もうひとりいたことになる」

「岸崎か小柴では……」

川澄の顔が厳しくなった。いっしょにいたとすれば、増沢たちと岸崎たちが、結び付いたことになるのだ。

「わしも、ふたりのうちのどちらかとみている」

「増沢たちと岸崎たちは、江戸で接触したのだな」

「はっきりしないが、そうみていい」

「うむ……」

ふたりは口をつぐんで、いっとき黙考していたが、

「ところで、藩邸の方でも何か動きがあったか」

と、茂兵衛が声をあらためて訊いた。

「あった。江戸詰めの藩士のなかに、増沢たちと接触している者がいるようなのだ」

「その藩士が、増沢たちといっしょだったとも考えられるな」

増沢と笹野が富沢町の借家を出たとき、いっしょにいたのは岸崎たちではなく、江戸詰めの藩士だった可能性もある。

「いや、いっしょだったのは、江戸詰めの藩士ではない。その藩士は、田上佐太郎《たがみさたろう》という徒士《かち》でな、やはり雲仙流一門なのだ。……村越どのたちが田上に目を配っていてな。ここ三日ほど、田上は藩邸から出ていないのだ」

「それなら、増沢たちといっしょに借家を出たのは、田上ではないな」

やはり、岸崎か小柴のようだ、と茂兵衛はみた。

「いずれにしろ、田上は増沢たちの居所を知っているのではないか。田上に訊いたら、どうだ」

茂兵衛が言った。

「それも手だが、田上はしばらく泳がせておくつもりなのだ。田上が新たな隠れ家を知っているかどうか分からないし、増沢たちは田上が捕らえられたと知れば、新たな隠れ家から出て姿を消す恐れもあるからな」

そう話して、川澄はいっとき口をつぐんでいたが、

「それに、気になることがあるのだ」

と、声をあらためて言った。

「気になることとは」

「探索にあたっている目付筋の動きが、鈍いのだ」

「どういうことだ」

「増沢たちの探索にむかうのに、二の足を踏んでいる者がいる」

川澄によると、藩邸から出て聞き込みにあたるときに、単独になることや人通りのない場所に行くのを避けようとする者がいるという。

「そうか！　増沢が首薙ぎの太刀を遣って成川を斬った狙いは、そこにあったのか」

増沢は、だれが成川の首を斬ったか分かるようにし、おれを探れば、成川と同じ目に遭うと、目付筋の者たちに知らせようとしたのだ。

増沢が岡っ引きの政吉を同じように首薙ぎの太刀で殺し、岡っ引きたちの探索をやめさせようとしたのと同じ手である。

茂兵衛が増沢の狙いを話すと、

「増沢の思うようにはさせぬ」

川澄が語気を強くして言った。

# 第三章　隠れ家

## 1

近付いてくる下駄の音が、腰高障子のむこうでとまり、

「伊丹の旦那、いますか」

と、おときの声がした。

「いるぞ」

茂兵衛が声をかけると、腰高障子があいておときが顔を出した。

「茶を飲んでたんですか」

おときは、茂兵衛が湯飲みを手にしているのを見て訊いた。松之助も、おときに目をやっている。

「今日は湯を沸かしたのでな」

茂兵衛が湯を沸かすことはあまりなかったが、今朝はいつもより早く起きたこともあって沸かしたのだ。

「おとき、何かあったのか」

茂兵衛は、おときが戸惑うような顔をして土間に立っているのを見て訊いた。

「気になることがありましてね」

「何が気になるのだ」

「おしげさんがね、長屋の路地木戸のところでお侍に呼びとめられて、旦那のことを訊かれたらしいんですよ」

おしげは、長屋に住む手間賃稼ぎの大工の女房である。

「わしのことを訊かれただと」

茂兵衛の脳裏を、岸崎と小柴のことがよぎった。岸崎たちは、庄右衛門店に茂兵衛と松之助が暮らしているのを知って、岸崎たちに味方した藩士とともに踏み込んできたことがあったのだ。そのときは助太刀がいて難を逃れたが、増沢と笹野が味方につけば、また踏み込んでくるかもしれない。松之助とふたりでいるときに、岸崎、小柴、増沢、笹野の四人に襲われたら、ひとたまりもない。

「そのお侍、旦那の知り合いだと言ってね。旦那のことだけでなく、松之助さんのことも訊いたらしいですよ」

おときが、座敷にいる松之助に目をやって言った。

「松之助の、どんなことを訊いたのだ」

「剣術の稽古をしていると聞いているが、どこで稽古をしているんだって」

「うむ……」

まずい、と茂兵衛は思った。長屋を留守にするとき、松之助にひとりで稽古をさせていたが、ひとりでいるところを襲われたら、どうにもならない。

「そのお侍、旦那たちの敵の仲間かもしれませんよ」

おときが、眉を寄せて言った。おときは、茂兵衛と松之助が、松之助の両親の敵を討つために出羽国から江戸に出て、長屋暮らしをしているのを知っていた。

「そうかも、しれん」

茂兵衛はいっとき黙考した後、

「おとき、頼みがある」

と、身を乗り出して言った。

「なんです」

「わしが長屋にいないとき、松之助を預かってもらえぬか」

茂兵衛は、増沢たちの居所を探りに出かけるおり、松之助を連れていくわけにはいかなかった。かといって、松之助を長屋に残すのは心配である。

「かまいませんよ」

おときは、松之助に目をやり、「家《うち》へいらっしゃい」と優しい声で言った。おときは子供がいないせいもあって、松之助のことを歳の離れた弟のように思うところがあった。

「松之助、敵の岸崎と小柴を探すために、わしは長屋を留守にせねばならぬ。これも、父と母の敵を討つためと思ってくれ」

「はい！」

松之助は力強い声で応えた。

その日、昼過ぎになって、茂兵衛は堀留町一丁目にある川澄の住む借家にむかった。川澄から、その後の様子を聞くためである。午後になってから長屋を出たのは、川澄が借家に帰っているころとみたからだ。

借家には、川澄の他に村越の姿もあった。ふたりは、座敷でなにやら相談していたようだ。

茂兵衛は座敷に座るとすぐに、

「何かあったのか」

と、ふたりに目をやって訊いた。

「いや、何かあったわけではないが、田上がなかなか動かないのでな。どうしたものかと、ふたりで相談していたのだ」

川澄によると、田上はこのところ藩邸を出ないという。

「われらが目を配っているのに気付いているようです」

村越が言い添えた。

「ところで、伊丹どのは」

川澄が訊いた。

「何かあったわけではないが、藩邸の方で何か動きがあったのではないかと思い、来てみたのだ」

茂兵衛は、長屋に自分や松之助のことを探りに来た者のことは口にしなかった。

推測だけで、何者か分からなかったからだ。

　つづいて口をひらく者がなく、座敷は沈黙につつまれたが、

「こうなったら、田上を捕らえて口を割らせようと思っているのだが、懸念がある。田上が増沢たちと接触していたという確かな証《あかし》がないし、田上がわれらに捕らえられたことを知れば、増沢たちはまた隠れ家を変えるかもしれん」

　と、川澄が眉を寄せて言った。

「わしが、ひそかに田上を捕らえてもいいぞ。藩とはかかわりのない者の手で捕らえれば、増沢たちもすぐには動かないだろう」

　茂兵衛は、柳村と弥助に頼もうと思った。

「それなら、増沢たちも隠れ家を変えるようなことはするまい」

「田上を藩邸から連れ出すことはできるか」

　亀沢藩の上屋敷は愛宕下《あたごした》にあったが、柳村たちが藩邸内に踏み込んで田上を捕らえることはできない。

「同じ徒組《かちぐみ》の者に頼めば、田上を連れ出すことができるかもしれん。それに、ちかごろ田上は、藩邸を抜けだして近くの飲み屋や料理屋などに出入りしているような

のだ」

　川澄が言った。

「よく、金があるな」

　徒士の身分で、飲み屋や料理屋などを飲み歩くような余裕はないはずである。

「増沢たちが辻斬りで奪った金が、田上にも流れているのかもしれん」

「いずれにしろ、田上を捕らえればはっきりするだろう」

「それで、いつがいい」

「明後日の日没ごろはどうだ」

　茂兵衛は、明日中に柳村たちに話そうと思った。

「承知した」

　川澄が言うと、脇に座していた村越もうなずいた。

2

　茂兵衛が川澄たちと会った二日後、茂兵衛、柳村、弥助、それに川澄の四人は、出雲町《いずもちょう》に来ていた。そこは、汐留川《しおどめがわ》にかかる芝口橋《しばぐちばし》（新橋）の近くで、東海道から右手の路地に一町ほど入ったところだった。

路地沿いには、そば屋、一膳めし屋、飲み屋、小料理屋など、飲み食いする店が軒を連ねていた。路地には東海道を行き来する旅人の姿もあったが、土地の住人がほとんどである。

陽は西の家並の向こうに沈みかけていた。七ツ半（午後五時）ごろであろうか。茂兵衛たち三人は、縄暖簾を出した飲み屋の脇に身をひそめ、斜向《はすむ》かいにある美鈴《みすず》という小料理屋に目をむけていた。

美鈴には、田上と徒組の安原元次郎《やすはらげんじろう》という男が来ていた。安原は川澄に頼まれ、田上を美鈴に連れ出したのである。連れ出したといっても、美鈴は田上が贔屓《ひいき》にしている店らしく、特別に呼び出したわけではないようだ。それに、愛宕下にあった亀沢藩の上屋敷から近かった。

「店から出てきてもいいころだな」

茂兵衛が美鈴の店先に目をやって言った。

田上と安原が美鈴に入ってから、一刻（二時間）ほど経っていた。

「そろそろ、出てくる。ふたりとも暮れ六ツ（午後六時）までには、藩邸に帰りたいはずだからな」

川澄が言った。

そのとき、美鈴の格子戸があいて、武士がふたり出てきた。

「田上と安原だ！」

川澄が身を乗り出して言った。

「よし、手筈《てはず》どおりだ」

「あっしが、先に行きやすぜ」

まず、弥助が飲み屋の脇から路地に出て、田上たちふたりの方へ足をむけた。茂兵衛と柳村が弥助の後につづき、川澄はその場に残った。川澄は田上に姿を見られないように身を隠していたのだ。

弥助は通行人のふりをして、こちらに歩いてくる田上と安原の正面に近付いていく。

弥助は田上の前まで来ると、脇をすり抜けるように動いてわざと肩で田上に突き当たった。田上が、後ろによろめいた。

「てめえ！　何をしやがる」

弥助は怒声を上げ、懐に右手をつっ込んだ。匕首《あいくち》を取り出すような仕草をとったのである。

「無礼者！　自分から突き当たっておいて、なんだ」

田上は怒りに声を震わせ、刀の柄をつかんだ。

「腰抜け野郎！　抜けるもんなら、抜いてみやがれ」

弥助が罵声《ばせい》を浴びせ、匕首を取り出した。

近くにいた通行人たちが、弥助の匕首を見て、ワアッ！　と悲鳴を上げて逃げ散った。この間に、茂兵衛と柳村は弥助の脇に身を寄せた。ふたりとも、抜刀できる体勢をとっている。

「おのれ！」

田上が刀を抜いた。

これを見た安原は、すばやく後ずさって田上から離れた。手筈どおり、後は茂兵衛たちにまかせるつもりなのだ。

田上は憤怒に顔を染め、弥助に斬りつけようとして刀を振り上げた。その瞬間、茂兵衛が、踏み込みざま峰に返した刀身を横に払った。一瞬の太刀捌きである。

峰打ちが、田上の脇腹をとらえた。

グッ、という呻《うめ》き声を洩《も》らし、田上は左手で脇腹を押さえてうずくまった。苦しげに顔をしかめている。

「動くと、斬るぞ！」

茂兵衛が田上の鼻先に切っ先を突き付けた。

そこへ、柳村と弥助が走り寄り、田上の両腕を後ろにとって縛った。なかなか手際がいい。

「騒がれると、面倒だ。猿轡《さるぐつわ》をかませやすぜ」

弥助が、田上の後ろにまわって猿轡をかませた。

安原と川澄は、後ろに身を引いていた。この場は表に出ず、茂兵衛や弥助たちにまかせる気なのだ。

「われらは、火盗改《かとうあらた》めの者だ」

柳村がそう言ってから、弥助とともに田上を連れてその場を離れた。近くに集まっている野次馬たちに、田上を捕らえたのは亀沢藩の者ではない、と思わせるためである。

茂兵衛たちは人通りの多い東海道を避け、三十間堀沿いの道をたどって、堀留町へむかった。川澄の住む借家に田上を連れていって話を訊くつもりだった。

茂兵衛たちが堀留町へ入ったのは、辺りが夜陰につつまれてからである。川澄の住む借家の座敷に田上を連れ込むと、

「猿轡をとってくれ」

茂兵衛が声をかけた。

すぐに、田上の脇にいた川澄が猿轡をとった。

「お、おれを、どうするつもりだ」

田上が声を震わせて訊いた。

「どうするかは、おぬし次第だな」

茂兵衛は田上の前に立ち、静かだが重いひびきのある声で言った。

座敷の隅に置かれた行灯《あんどん》の明かりが、茂兵衛の顔を横から照らしていた。黒ずんだ顔が爛《ただ》れたような赤みを帯び、双眸《そうぼう》が燃えるようにひかっている。

川澄、柳村、弥助の三人は、田上の背後に立っていた。茂兵衛がひととおり田上

から話を聞いた後、つづいて訊問することになっていた。

「田上、増沢剛蔵と笹野常次郎を知っているな」

茂兵衛が、ふたりの名を出して訊いた。

田上は戸惑うような顔をして口をつぐんでいたが、

「名は聞いている」

と、小声で答えた。

「おぬしは、増沢たちと会っていたそうだな」

「会ったことなどない」

そう言うと、田上は横をむいた。肝心なことは、白《しら》を切るつもりらしい。

「おぬしが、増沢たちといっしょにいるのを見た者がいるぞ」

茂兵衛は、目撃者がいるかどうか知らなかったが、田上が増沢たちと会ったことがあれば、目撃者がいてもおかしくはない。

「…………！」

田上は、顔をしかめたまま口をつぐんでしまった。

「会ったことがあるな」

茂兵衛が語気を強めて訊いた。

「たまたま道で出会って話をしただけだ。増沢どのは、国元にいるとき同じ雲仙流一門だったからな」

「どんな、話をした」

「い、いや、挨拶程度だ」

田上の声が震えた。

「それはおかしい。何年ぶりかは知らないが、偶然江戸で出会い、挨拶だけで何も話さなかったというのか。……同じ雲仙流一門であれば、何か話をしたはずだ」

田上はいっとき、顔をこわばらせて虚空に目をやっていたが、

「なぜ、江戸へ出てきたか訊いた」

と、声をつまらせて言った。

「それで、増沢は何と答えた」

「雲仙流をひろめるためだ、と言っていた」

「雲仙流をひろめるためだと。……辻斬りで、商家のあるじを斬って金を奪うことが、雲仙流をひろめることになるのか」

茂兵衛の声には、怒りのひびきがあった。

「くわしいことは知らないが、雲仙流をひろめるためには金がいるし、金がなければ江戸では暮らせないとも言っていた」

「うむ……」

茂兵衛はいっとき口をつぐんだ後、

「ところで、増沢と笹野はいまどこにいる」

と、声をあらためて訊いた。

「富沢町の借家だ」

「富沢町を出た後だ」

茂兵衛が畳みかけるように訊いた。

「知らない。嘘ではない。おれは、増沢どのが富沢町の借家にいるとき会っただけだ。その後のことは知らない」

田上が声を大きくして言った。

「うむ……」

茂兵衛は、田上が嘘を言っているとは思わなかった。

3

茂兵衛が身を引くと、

「田上、おぬしは、国元で勘定奉行をなされていた伊丹恭之助どのと奥方を斬って出奔した岸崎虎之助と小柴重次郎を知っているな」

と、川澄が訊いた。

「噂は、聞いている」

田上が小声で言った。顔がこわばっている。

「岸崎と小柴は、いまどこにいる」

「知らぬ。おれは岸崎どのとも、小柴どのとも会ったことはない」

田上が向きになって言った。

「おぬしは会っていないかもしれないが、増沢と笹野は、岸崎たちと会ったのではないか」

「…………」

田上の視線が揺れ、戸惑うような顔をしたが、何も言わずに川澄から視線を逸《そ》らしてしまった。

「増沢は、岸崎たちと会っているな」

川澄が強い口調で訊いた。

「増沢どのが、岸崎どのと会ったときの様子を話しているのを聞いたことがある」

田上が肩を落として言った。

「岸崎と小柴は、いま、どこにいる」

「知らぬ。岸崎どのたちの居所は聞いていない」

「場所は知らずとも、何か聞いているだろう。借家か、それとも町宿の藩士のところか」

なおも、川澄が訊いた。

「増沢どのと話したときは、岸崎どのと小柴どのがふたりだけで住んでいるような口振りだった」

「借家だな」

川澄が言うと、田上がちいさくうなずいた。

そのとき、川澄の脇にいた茂兵衛が、

「岸崎たちのところへ、富沢町の借家から出た増沢と笹野がもぐり込んでいるのではないか」

と、口を挟んだ。

「そうみていいな」

川澄が言うと、その場にいた柳村と弥助もうなずいた。

「田上、江戸詰めの藩士のなかで、増沢たちに与《くみ》している者が、おぬしの他にもいるのではないか」

川澄が声をあらためて訊いた。

「し、知らぬ」

「おぬしは、ただ、増沢たちと会って話しただけだ。味方して悪事に荷担したわけではあるまい。ちがうか」

「そうだ！　おれは、何もしてない。ただ、むかしのことを話しただけだ」

田上が向きになって言った。

「ならば、隠すことはないな。江戸詰めの者のなかに、増沢たちと会った者がいるはずだがな」

　さらに、川澄が訊いた。

　田上は戸惑うような顔をして、いっとき口を引き結んでいたが、

「おれと同じように、増沢どのと会った者はいる」

と、小声で答えた。

「だれだ」

「同じ徒組の佐々《さ さ》倉稲次郎《くらとうじろう》だ」

「佐々倉も、雲仙流一門か」

「そうだ」

「雲仙流一門のつながりは強いようだ」

　川澄が、つぶやくような声で言った。


　茂兵衛たちは田上の訊問を終えると、田上を奥の座敷に連れていった。奥といっても、障子を隔てた隣りの部屋である。ひとまず、川澄が田上を預かり、様子を見て目付筋の者に引き渡すことになるだろう。

茂兵衛たちだけになると、

「佐々倉は、どうする」

すぐに、茂兵衛が川澄に訊いた。

「捕らえずに、しばらく泳がせてみるつもりだ。佐々倉は、増沢たちと会うかもしれん」

川澄が言った。

茂兵衛はうなずいた後、

「おれから、おぬしに話しておくことがある」

と、声をあらためて切り出した。

「実は、長屋にわしのことを探りに来た者がいるのだ」

「増沢たちではないのか」

これまで黙って話を聞いていた柳村が、茂兵衛に訊いた。川澄と弥助も、茂兵衛に目をむけている。

「名は分からんが、増沢たちにかかわりのある者だろうな。それに、わしだけでなく松之助のことも訊いたというから、わしと松之助が敵を討つために、江戸に出ていることを知っている者とみていい」

「岸崎か小柴ではないのか」

柳村が言った。

「そうかもしれん。いずれにしろ、こうしてわしが出歩いていると、松之助はいつ命を落とすか分からないのだ」

茂兵衛の顔を憂慮の翳《かげ》がおおった。

「伊丹どの、出歩いていていいのか」

柳村が訊いた。

「松之助は、おときに預けてあるが、いつまでも隠しておけないだろう。それでな、しばらく、松之助は長屋から出すつもりだ」

「まさか、江戸から離れるのではあるまいな」

「いや、世話になっている福多屋に頼んで、しばらく預かってもらう」

福多屋のことは川澄も知っているので、その名を出したのである。

「それでな、わしの方から連絡をとるから、川澄どのたちは福多屋に顔を出さずにいてもらいたいのだ」

柳村と弥助は、いつもと同じように福多屋に出入りしても差し障りないが、川澄たち亀沢藩の者が福多屋に顔を出せば、そこに松之助がいることを岸崎たちに知られることになるだろう。

「承知した」

すぐに、川澄が言った。

4

「爺さま、剣術の稽古はしないのですか」

松之助が歩きながら茂兵衛に訊いた。

ふたりは長屋の路地木戸を出て、大川端の道を福多屋にむかっていた。

「しばらく、稽古はできぬな」

稽古中、増沢たちに襲われれば、松之助の身を守るのはむずかしい。

「稽古をしたいな」

松之助が、肩を落として言った。松之助は長屋にひとりでいることが多かった。

茂兵衛といっしょに稽古をするのが、楽しみだったのだろう。

「なに、すぐに長屋にもどれる。福多屋にいるのは、そう長い間ではない。それにな、お春がいっしょに遊んでくれるかもしれんぞ」

お春は富蔵のひとり娘で、十七歳になる。松之助と遊ぶような歳ではないが、気立てのやさしい娘で、松之助のことを弟と思って可愛がってくれるにちがいない。

茂兵衛が福多屋の腰高障子をあけると、帳場に富蔵の姿があった。

「いらっしゃい」

富蔵はすぐに腰を上げ、笑みを浮かべて、「松之助さん、お待ちしてましたよ」と言い添えた。

茂兵衛は富蔵に事情を話し、しばらくの間、福多屋で松之助を預かってもらうことになっていたのだ。すでに、着替えや日用品は運んである。日用品といっても長屋暮らしなので、箸や茶碗などごくわずかな物である。

「富蔵、世話を焼かせるな」

茂兵衛が言った。

「いえいえ、おさよもお春も喜んでいましたよ。お春は一人っ子で育ったせいか、前から弟が欲しいと言ってましてね。いっときでも松之助さんといっしょに暮らせるのを楽しみにしていたんですよ。それにお春は、松之助さんが空き地で剣術の稽古をしているのを見てましてね。てまえが松之助さんを家で預かることになったと言うと、わたしが面倒をみると言って喜んでましたよ」

「松之助、富蔵たちの言うことを聞くのだぞ」

茂兵衛が松之助に目をやって言った。

「はい」

松之助が緊張した面持ちで応えた。

茂兵衛たちがそんなやり取りをしているところに、奥からおさよとお春が顔をみせた。帳場でのやり取りが聞こえたのだろう。

「松之助さん、いらっしゃい」

おさよが、笑みを浮かべて声をかけた。

「伊丹松之助です。お世話になります」

松之助が、直立不動の姿勢で名乗った。顔がこわばっている。

「まァ、そんなに硬くならないで、今日からはここが自分の家と思ってくださいね」

おさよが言うと、脇に立っていたお春が、

「松之助さん、来て」

と声をかけ、松之助の手を取ると、「お部屋を、見せてあげる」と言って、奥へ連れていった。

茂兵衛は、松之助とお春がその場を離れると、

「すまぬ」

と言って、あらためて富蔵とおさよに頭を下げた。


茂兵衛は福多屋を出た足で、堀留町にむかった。川澄と会い、その後の様子を訊くためである。

借家に川澄と村越の姿があった。

「上がってくれ」

川澄は茂兵衛を座敷に上げた。

茂兵衛は川澄たちのそばに腰を下ろすと、松之助を福多屋に預けてきたことを話

してから、

「どうだ、佐々倉の動きは」

と、声をあらためて訊いた。

「佐々倉には目をひからせているが、これといった動きはない。ただ一度、ひとりで藩邸を出たことがある」

川澄が言った。

「藩邸から、どこへむかったのだ」

「亀井町《かめいちょう》です」

村越が言った。跡を尾けたのは、村越だという。日本橋亀井町は、牢屋敷のある小伝馬町《こでんまちょう》の近くである。

「佐々倉は、だれかと会ったのか」

さらに、茂兵衛が訊いた。

「何者かわかりませんが、武士と会ったようです」

村越によると、佐々倉が立ち寄ったのは武士の住む借家だという。

「その武士は、藩士か」

「藩士ではないようです。後で近所の住人に訊いて分かったのですが、武士の名は井坂《いさか》三郎太《さぶろうた》。住人は、牢人ではないかと言っていましたが……」

村越は語尾を濁した。牢人かどうかはっきりしなかったのだろう。

「借家で、独り暮らしか」

「そのようです」

村越によると、佐々倉は井坂の住む借家に立ち寄っただけで、そのまま藩邸にもどったという。

「井坂という武士は、何者かな」

茂兵衛は首をひねった。思い当たる者はいなかった。

「念のため、佐々倉だけでなく、井坂にも目を配るつもりだ」

川澄によると、井坂の住む借家に張り付いて見張るわけにはいかないので、亀井町近くに出向いたときに、様子を探ることになるという。

「わしも、井坂という男を探ってみよう」

茂兵衛が、井坂の家を教えてくれ、と言い添えた。

「それなら、これから亀井町へ行ってみますか」

村越が言った。

「そうしよう」

堀留町から亀井町はそれほど遠くなかった。

茂兵衛たち三人は川澄の家を出ると、亀井町にむかった。

亀井町に入って間もなく、

「こっちです」

と村越が言って、表通りから裏路地に入った。そこは、八百屋、下駄屋、一膳めし屋などの小体な店がごてごてとつづいていたが、いっとき歩くと店屋はすくなくなり、空き地や仕舞屋などが目につくようになった。

村越が路傍の欅《けやき》の樹陰に足をとめ、

「斜向かいにある家です」

と言って、指差した。

古い借家ふうの家だった。戸口の板戸はしまっている。

「様子を見てみるか」

茂兵衛たち三人は通行人を装い、すこし間をとって歩いた。

茂兵衛は借家の前で歩調をゆるめて聞き耳をたてたが、物音も人声も聞こえなかった。ひっそりとしている。茂兵衛はそのまま家の前を通り過ぎ、半町ほど離れたところで足をとめた。

茂兵衛は後続の川澄と村越が近付くのを待ち、

「留守のようだ」

と言うと、川澄と村越がうなずいた。ふたりとも、留守とみたようだ。

「どうする」

川澄が訊いた。

「せっかく亀井町まで来たのだ。近所で聞き込んでみるか」

茂兵衛が言うと、川澄と村越がうなずいた。

茂兵衛たち三人は路地だけでなく、表通りにもどって目についた店に立ち寄り、話を訊いた。その結果、井坂は推測どおり、牢人で独り暮らしらしいことが知れた。歳は三十がらみで、長身痩軀だという。

「いずれ、井坂が何者か知れるだろう」

茂兵衛たちは、亀井町から引き上げた。

5

その日、茂兵衛は長屋にもどると、久し振りに酒でも飲もうかと思い、流し場に置いてあった貧乏徳利《びんぼうどくり》と湯飲みを手にして座敷に腰を下ろした。貧乏徳利には、酒が入っている。

肴は味噌《みそ》だった。湯飲みで酒をちびりちびり飲んでいると、戸口に近付いてくる下駄の音が聞こえた。

下駄の音は腰高障子の向こうでとまり、

「伊丹の旦那、いますか」

と、おときの声がした。

「いるぞ。入ってくれ」

茂兵衛が声をかけると、すぐに腰高障子があいておときが土間に入ってきた。

「旦那、酒ですか。めずらしいですね」

おときが、茂兵衛の膝先に貧乏徳利が置いてあるのを見て言った。

「松之助はいないし、久し振りに一杯やろうと思ってな」

茂兵衛はおときに、松之助は福多屋に預けてあることを話してあった。

「旦那、気になることがあるんですよ」

おときが、急に心配そうな顔をして言った。

「なんだ、気になることとは」

「今日、お侍が長屋に来てね、井戸端にいたお松《まつ》さんとおしんさんに、旦那と松之助さんのことを訊いたらしいですよ」

おしんとお松は、長屋に住む女房だった。おときは、ふたりと親しいようだ。

「長屋に入ってきたのか」

茂兵衛の脳裏を、自分たちを探っていた武士のことがよぎった。武士は路地木戸の外でなく、長屋に入ってきたらしい。

「そのお侍は、おしんさんたちに、旦那の住む家はどこか訊いたようですよ」

「それで、どうした」

「お松さんたちは、この家を教えたらしいんです。この家が留守だと知っていましたからね。だから教えてもかまわないと思ったようですよ」

「そうか」

　確かに、ほとんど留守にしているし、いても茂兵衛ひとりなので、襲われても何とかなるだろう。ただ、その武士が、茂兵衛と松之助の住む家を知ったことになる。松之助がもどってきたときに、襲われる恐れがある。

「その武士は、松之助がどこに行ったのか訊かなかったのか」

「訊いたらしいですよ」

　おときによると、その武士はすぐに井戸端にもどってきて、お松たちに、茂兵衛と松之助はどこに行ったか訊いたという。

「お松さんたちが、知らないって答えると、そのお侍、また来てみるか、とつぶやいて、そのまま帰ったらしいですよ」

「うむ……」

　その武士は、岸崎と小柴にかかわりのある者だろう、と茂兵衛はみた。長屋にいる茂兵衛と松之助を襲って返り討ちにするつもりではあるまいか。

　松之助を福多屋に預けておいてよかった、と茂兵衛は思った。

「ねえ、旦那、そのお侍、また来るんじゃァないですかね」

おときが、心配そうな顔をして訊いた。

「来るかもしれん。だが、心配することはない。わしと松之助が長屋にいなければ、帰るしかないからな。それに、二度来て、その都度留守だったとなれば、長屋には来なくなるはずだ」

「そうだといいんですけど……」

おときは、まだ心配そうな顔をしていた。

「ところで、その武士の名を訊いたのか」

「お松さんたち、名前は訊かなかったようですよ」

「そうか」

「年格好は、三十がらみだと言ってましたよ」

「三十がらみな。それで、体付きは」

茂兵衛は、武士が三十がらみだと聞いて、井坂のことが胸をよぎった。

「背が高くて、痩せていたって」

「背の高い、痩せた武士か！」

茂兵衛の声が大きくなった。まちがいない。長屋に、茂兵衛と松之助のことを探りに来たのは、井坂三郎太である。井坂は増沢や岸崎たちに与し、茂兵衛と松之助を討つために探りに来たようだ。

おときは、茂兵衛が厳しい顔をして黙り込んだのを見て、

「旦那、どうしたんです」

と、心配そうな顔をして訊いた。

「いや、何でもない。……おとき、長屋の女房たちに、その武士が長屋に来てわしと松之助のことを訊いたら、わしらは長屋にいないと答えるように話しておいてくれないか」

「分かりました」

おときは、「すぐ、長屋をまわってきますからね」と言い残し、戸口から出ていった。

翌朝、茂兵衛はひとりで堀留町にむかった。川澄に会い、亀井町の借家に住む井坂は、増沢や岸崎たちに与し、庄右衛門店に住む茂兵衛と松之助を狙っているらしいことを知らせるためである。

川澄は借家にいた。茂兵衛と顔を合わせると、

「村越が来るのを待っているのだ」

と言った。ふたりで亀井町にむかい、井坂のことを探るのだという。

「井坂を探ることはないぞ」

すぐに、茂兵衛が言った。

「何か、あったのか」

「井坂のことが知れたのだ。やはり、増沢や岸崎たちに味方しているとみていい」

茂兵衛は、井坂と思われる武士が長屋に来て、茂兵衛と松之助のことを探っていたことを話した。

「増沢たちは、伊丹どのと松之助どのを襲うつもりではないか」

川澄が言った。

「そうみていい」

いまのところ、長屋は留守にしているので、襲われる心配はないことを川澄に話した。

「松之助どのは口入れ屋に身を隠しているそうだが、増沢たちに知れないのか」

川澄の顔に、懸念の色があった。

「すぐに、知れることはないと思うが……」

いつまでも、隠しつづけることはできないだろう、と茂兵衛は思った。

「松之助のことが知れる前に、井坂や増沢たちを何とかしないとな。ともかく、亀井町の借家を見張り、井坂があらわれたら押さえよう」

井坂の住処の見張りをつづけ、井坂を押さえるのが手っ取り早いだろう、と茂兵衛は思った。

6

茂兵衛が堀留町からもどり、家の前まで来ると、後を追ってくる何人もの下駄の音が聞こえた。

振り返ると、おとき、お松、おしんの三人が駆けてくる。何かあったらしく、三人ともひどく慌てている。

「だ、旦那、大変ですよ」

おときが喘《あえ》ぎながら言った。

「どうした」

茂兵衛は、長屋で何かあったと直感的に思った。

「な、長屋の長助《ちょうすけ》さんが……」

「長助がどうかしたのか」

茂兵衛が訊いた。長助は手間賃稼ぎの大工だった。女房のおしげとふたり暮らしである。

「お侍に、斬られたんですよ」

「なに、斬られたと！」

茂兵衛の脳裏を、井坂と増沢たちのことがよぎった。

「長助さん、路地木戸のところで、お侍に旦那たちのことを訊かれてね。知らないと答えると、お侍がいきなり刀を抜いて斬りつけたそうですよ」

おときが、うわずった声で言った。

「それで、長助は死んだのか」

「か、肩を斬られて、家で唸《うな》ってますよ」

おときの脇にいたお松が口を挟んだ。声が震えている。

「行ってみよう」

茂兵衛は長助の家にむかった。

おとき、お松、おしんの三人は、茂兵衛の後ろからついてきた。途中、顔を合わせた長屋に住む女房や子供も、お松たち三人の後につづいた。長助のことを知っているらしく、みんな心配そうな顔をしている。

長助の家の戸口にも、長屋の住人たちが集まっていた。女房連中や子供たちが多かった。男たちの多くは働きに出ていて、まだ帰っていないのだ。

茂兵衛たちが長助の家に近付くと、

「伊丹の旦那だよ。そこをあけて」

戸口にいた女房のひとりが、声をかけた。

すると、戸口にいた何人かが左右に身を引いた。

茂兵衛は長助の家の腰高障子をあけた。土間の先の座敷のなかほどで、長助が上半身裸になってあぐらをかいていた。肩口が血に染まっている。長助は顔をしかめていたが、茂兵衛の顔を見ると、

「二本差しに、肩を斬られちまって」

と、照れたような顔をして言った。

長助の脇で、女房のおしげが心配そうな顔で亭主の肩の傷口に目をやっていた。血の色がある。

「傷を見せてくれ」

茂兵衛は土間から座敷に上がった。

すると、茂兵衛の後から土間へ入ってきたおときたちも座敷に上がり、神妙な顔をして茂兵衛の後ろに座った。

そのとき、おしげが、

「わたしが、話を訊かれたお侍かもしれないよ」

と、声を震わせて言った。

「そうだな。ともかく傷を見てみよう」

茂兵衛は、長助の肩の傷を見て、

……たいしたことはない。

と、すぐに思った。

長助は、肩から背にかけて皮肉を浅く裂かれただけである。命にかかわるような傷ではなかった。

「長助、心配いらぬ。わしが、手当てしてやる」

茂兵衛は傷口を洗い、綺麗な布を傷口にあてがって晒《さらし》で巻いておけば、治るだろうとみた。

「おとき、長屋をまわって晒があったら、もらってきてくれないか。長助の傷の手当てに使うのだ」

「みんな、あたしといっしょに来ておくれ」

おときは、そばにいたお松とおしんを連れて、戸口から出ていった。

茂兵衛は座敷にいたおしげに、

「小桶《こおけ》に水を汲《く》んできてくれ」

と頼んだ。

おしげはすぐに立ち上がり、流し場に行くと、水甕《みずがめ》の水を小桶に汲んで茂兵衛の脇に置いた。

「それからな、手ぬぐいか、捨ててもいいような古い着物はあるかな」

茂兵衛は、長助の傷口を洗おうと思ったのだ。

「手ぬぐいがあります」

おしげは、座敷の隅にかけてあった手ぬぐいを持ってきて、茂兵衛に渡した。

茂兵衛は手ぬぐいを小桶の水で濯《すす》ぎ、

「痛いか」

と声をかけ、傷口の血を拭いとった。

「痛かァねえ。旦那、かすり傷ですぜ」

長助が戸口にいる住人たちにも聞こえる声で言った。

「心配するほどの傷ではないぞ」

まだ、出血していたが、傷は浅かった。傷口を縛っておけば、出血もとまるだろう。

茂兵衛は傷口を綺麗に洗い、おときたちが晒を持ってもどるのを待った。そして、おときたちがもどると、おしげにも手伝わせて、まず何枚かに畳んだ晒を傷口にあてがい、別の晒を肩から腋《わき》に幾重にもまわしてから縛った。

「これでいい。しばらく、肩を動かさないようにしていれば、じきに出血はとまる」

そう言った後、茂兵衛は血で汚れた手を小桶に残った水で洗った。

茂兵衛は長助とおしげが落ち着いたのを見て、

「長助、武士に斬られたそうだな」

と、声をあらためて訊いた。

「へい、二本差しに斬られやした」

「その武士は、背の高い痩せた男ではないか」

茂兵衛は、井坂を念頭において訊いた。

「そうでさァ。そいつに、旦那と松之助さんはどこにいると訊かれたんでさァ。あっしが知らねえと答えると、口止めされているな、と言いざま、斬りつけてきやがって」

長助が早口にしゃべった。

「そうか」

やはり、長助を斬ったのは、井坂である。

「旦那、あっしは何もしゃべらなかったんですぜ」

長助が胸を張って言った。

「いや、すまぬ。長助が怪我《けが》をしたのは、わしらのせいかもしれぬな」

茂兵衛は、これ以上、松之助を福多屋に隠しておけば、また長屋の者から犠牲者が出るのではないかと思った。

7

……こうなったら、井坂や増沢たちを討ち取るしかない。

茂兵衛は、胸の内で思った。逆に、井坂や増沢たちを長屋におびき寄せて討ち取るのである。

すぐに、茂兵衛は動いた。まず、福多屋へ出かけ、柳村と弥助の手を借りることにした。その後、茂兵衛は堀留町に出かけ、あらためて川澄に会い、長屋の住人が井坂に斬られたことを話してから、

「井坂や増沢たちを長屋におびき寄せて討つつもりだが、手を貸してくれ」

と、頼んだ。

「われらは、何とか増沢たちを討ちたいと思っているのだ。いつも、伊丹どのといっしょに闘うつもりでいる」

川澄が、増沢たちを迎え討つには、どれほどの人数が必要なのか訊いた。

「敵は井坂、増沢、笹野の三人の他に、岸崎と小柴もくわわっているとみた方がいい。腕のたつ者が五人となると、こちらも相応の戦力をそろえないと、太刀打ちできまい」

茂兵衛が言った。

「大勢だな」

川澄は驚いたような顔をした。

「腕のたつ者が、五、六人手を貸してくれれば、井坂や増沢たちに後れをとるようなことはないが」

茂兵衛と柳村に、川澄たち藩士が五、六人くわわれば、敵に太刀打ちできるだろう、と話した。

「それがしと村越、それに安原の三人。後は、高島さまに話して目付筋の者に手を貸してもらうことになるな」

「闘う場所は、庄右衛門店の近くになる」

茂兵衛は長屋のなかで闘いたくなかった。長屋の住人から犠牲者が出る恐れがあったからだ。

「それで、いつ井坂たちと闘うことになる」

川澄が訊いた。

「分からぬ。明日は無理なので、わしと松之助は明後日から長屋に残ることにする。井坂たちをおびき寄せるために、空き地で剣術の稽古を始めるつもりだ。……井坂が長屋を探りに来れば、わしと松之助が剣術の稽古をしているのを目にするはずだ」

「空き地に、井坂たちをおびき寄せる策か」

「そうだ。空き地なら長屋の者たちが、巻き添えを食うこともないからな」

「承知した。明後日から、長屋に行く」

川澄が語気を強くして言った。

茂兵衛は川澄の家を出た足で、福多屋にむかった。富蔵に話して、松之助を引き取らねばならない。

富蔵は帳場にいた。帳場机を前にして、帳面を繰っていた。口入れの仕事にかかわる帳面であろう。

富蔵は茂兵衛を目にすると、帳面を閉じて腰を上げた。

「伊丹さま、どうなさいました」

富蔵が訊いた。不意に茂兵衛が訪ねてきたので、何かあったと思ったらしい。

茂兵衛は帳場には上がらず、框に腰を下ろし、

「急ですまぬが、松之助を引き取りたいのだ」

と、声をひそめて言った。

「何かありましたか」

富蔵が戸惑うような顔をした。

「長屋の者が、襲われて怪我をしたのだ」

茂兵衛は、長助が襲われた経緯をかいつまんで話し、

「このままだと、長屋の者たちに迷惑がかかる。それで、敵の動きを逆手にとり、亀沢藩士の手も借りて増沢たちを討つつもりだ」

と、言い添えた。茂兵衛は富蔵に松之助を預けるおりに、増沢たちのことは話し

てあった。

「分かりました。すぐに、松之助さんをお連れします」

富蔵は立ち上がり、奥にむかった。

富蔵も松之助も、なかなか出てこなかった。奥で、富蔵やお春の声が聞こえる。松之助の持ち物をまとめているのかもしれない。

しばらくすると、奥から富蔵、松之助、お春、おさよの四人が出てきた。おさよが大きな風呂敷包みを持っていた。松之助の着替えや日用品が包んであるらしい。

「爺さま、長屋へ帰るのですか」

松之助が、茂兵衛の顔を見るなり訊いた。

「事情があってな。帰らねばならぬ」

茂兵衛が言うと、松之助の脇にいたお春が、

「もっといて欲しいのに」

と、眉を寄せて言った。悲しそうな顔をしている。

松之助は戸惑うような顔をして、

「また、ここに来てもいいのですか」

と、茂兵衛に訊いた。

「来てもいい。長屋は近いからな。いつでも、来ることはできる」

茂兵衛が言うと、松之助はお春とおさよに目をやり、

「また、来ます」

と、声高に言って、ふたりに頭を下げた。

「いつ来てもいいのよ」

お春が涙声で言った。

茂兵衛はお春とおさよに顔をむけ、

「ふたりには、世話になった。わしからも礼を言う」

と、言葉をかけた。

茂兵衛はあらためて富蔵にも礼を言い、松之助を連れて福多屋を出た。

茂兵衛は松之助を連れ、大川端の道を長屋にむかいながら、

「明日から、剣術の稽古を始めるぞ」

と、言った。茂兵衛は、増沢たちのことは口にしなかった。そのときになれば、分かることである。

「稽古をして、敵を討つ」

松之助が声高に言った。子供ながら、ひきしまった顔付きになっていた。松之助の胸の内にも、父母の敵を討ちたいという強い思いがあるようだ。

# 第四章　襲撃

## 1

「そろそろ出かけるか」

　茂兵衛が松之助に声をかけた。

　五ツ半（午前九時）ごろだった。これから、長屋の脇にある空き地に行くつもりだった。剣術の稽古をするためである。

「真剣も遣いますか」

　松之助が訊いた。このところ、真剣を遣っての稽古が多かった。

「むろん、遣う」

　茂兵衛は、松之助に敵討ちを想定した実戦的な稽古をさせていたのだ。福多屋に身を隠していた間は稽古ができなかったが、以前と同じように真剣を遣って稽古をするつもりだった。

茂兵衛は松之助を連れて、腰高障子をあけて外に出た。秋の陽が長屋を照らしている。茂兵衛は辺りに目をやったが、不審な人影はなかった。長屋のあちこちから、母親が子供を叱る声や赤子の泣き声などが聞こえてきた。男たちの多くが仕事に出かけているので、女や子供の声が多かった。長屋はふだんと変わりないようだ。

「松之助、今日あたり、斬り合いになるかもしれんぞ」

茂兵衛が小声で言った。

「はい」

松之助が顔をひきしめて応えた。

松之助が長屋にもどり、茂兵衛と空き地で剣術の稽古をするようになって三日経っていた。この間、井坂や増沢たちに襲われることはなかったが、井坂たちは茂兵衛たちが稽古を始めたことは知っているはずである。

茂兵衛は松之助を連れて長屋の棟の脇まで来ると、空き地の周辺や棟の陰などに目をやった。

……今日も来ている。

茂兵衛は胸の内でつぶやいた。

長屋の棟の脇や空き地周辺の樹陰などに人影があった。川澄たちである。茂兵衛と松之助が襲われたとき、ふたりを守るとともに襲撃者たちを返り討ちにするために身をひそめているのだ。

空き地の先には、大川が見えた。大川の川沿いに植えられた柳の樹陰にも人影があった。そこにも、味方が隠れているようだ。おそらく、柳村と弥助であろう。

茂兵衛は、松之助と五ツ半ごろから一刻（二時間）ほど稽古をする旨、柳村や川澄たちに知らせてあったのだ。

茂兵衛と松之助が空き地に入ると、

「爺さま、素振りからですか」

と、松之助が訊いた。

「そうだ」

茂兵衛と松之助は、真剣の素振りから稽古を始めることにしていた。本格的な稽古に入る前の準備と基礎的な太刀捌きを覚えるためである。

松之助は袂《たもと》から細紐《ほそひも》を取り出すと、襷《たすき》をかけて両袖を絞り、袴の股立《ももだち》をとった。

いつもの身支度である。

茂兵衛は袴の股立をとっただけで、襷はかけなかった。

「胸を張って、真っ直ぐ振り下ろせ」

茂兵衛が松之助に声をかけた。

「はい！」

松之助は真剣を振りかぶり、真っ直ぐに振り下ろした。手の内を絞り、切っ先を腰のあたりでとめた。何日か稽古ができなかったが、真剣での素振りはできている。

茂兵衛も、松之助の脇で真剣の素振りを始めた。

松之助は一振り一振り、気合を発し、気を抜くことなく素振りをつづけた。しばらくすると、松之助の息が乱れ、顔に汗がつたうようになった。

茂兵衛は松之助の様子を見て、

「素振りは、これまでだ」

と声をかけ、手にした刀を鞘に納めた。

松之助は刀を手にしたまま、

「次は斬り込みですか」

と、訊いた。斬り込みは、相対している敵を頭に描き、踏み込んで敵の面《めん》や籠手《こて》に斬り込むのである。

「すこし休んでからだ」

茂兵衛がそう言って、大川端の道に目をやった。

……増沢たちか！

茂兵衛は胸の内で声を上げた。

六尺はあろうかという巨漢の武士と中背の武士が、大川端の道を足早に歩いてくる。ふたりは、深編み笠をかぶっていた。

ふたりは、空き地のそばまで来ると足をとめ、茂兵衛たちの方へ体をむけた。増沢たちにまちがいない。

「松之助、脇に寄れ！」

茂兵衛が声をかけた。空き地の隅に身を寄せて、背後からの攻撃を避けるのだ。

茂兵衛と松之助が空き地の隅に身を寄せたとき、

「爺さま！　こっちからも」

松之助が、長屋の方を指差した。

見ると、三人の武士がこちらに足早に歩いてくる。

「岸崎と小柴だ！」

岸崎たちは、顔を隠していなかった。岸崎と小柴は、茂兵衛たちと闘ったことがあったので、顔を隠す必要はないと思ったらしい。もうひとりは、井坂であろう。

岸崎たち三人の背後から、五人の武士が忍び足でこちらにむかってくる。川澄たちである。川澄たちは、空き地に近い長屋の棟の脇に身を隠し、岸崎たちが姿をあらわしたら背後から襲う手筈になっていたのだ。

岸崎たちは、背後から来る川澄たちに気付いていないようだ。

一方、大川端の方から来る増沢たちの背後には、柳村の姿があった。柳村は大川端に身を隠し、増沢たちが姿を見せたら、背後から攻撃することになっていたのだ。

長屋の方から近付いてきた岸崎が背後に目をやり、

「亀沢藩の者たちだ！」

と、声高に叫んだ。

岸崎の顔に戸惑うような表情が浮いた。五人もの亀沢藩士が待ち伏せしているとは、思いもしなかったのだろう。

「おれが、伊丹と小倅を斬る！　小柴と井坂は、藩士たちの足をとめろ」

岸崎が叫んだ。おそらく岸崎は、大川端の方から来る増沢と笹野も、五人の藩士との闘いにくわわるとみたのだろう。

2

「松之助、身を引け！」

茂兵衛が声をかけた。

すると、茂兵衛の脇にいた松之助は真剣を手にしたまま一歩身を引いた。近付いてくる岸崎を睨《にら》むように見すえている。

茂兵衛は岸崎の前に立った。ふたりの間合は、三間ほどあった。茂兵衛は抜き身を手にしていたが、岸崎はまだ抜かなかった。

「岸崎、倅夫婦の敵！」

茂兵衛が青眼に構え、切っ先を岸崎にむけた。

「返り討ちにしてくれるわ」

言いざま、岸崎は抜刀した。

岸崎は八相に構えた。両腕を高くとり、刀身を垂直に立てている。腰の据わった隙《すき》のない構えである。

茂兵衛は、表情を変えなかった。すでに、岸崎と立ち合ったことがあり、八相の構えも目にしていたのだ。

「岸崎虎之助、父、母の敵！」

松之助が叫び、茂兵衛の脇から切っ先を岸崎にむけた。

岸崎は松之助を無視した。茂兵衛を斬ってから、相手にするつもりなのだろう。

茂兵衛の青眼と、岸崎の八相――。

ふたりは、対峙したまま動かなかった。ふたりとも全身に気勢を込め、気魄《きはく》で攻め合っている。

岸崎が先に動いた。趾《あしゆび》を這《は》わせるように動かし、ジリジリと間合を狭めてくる。

対する茂兵衛は、動かなかった。気を鎮めて、岸崎の斬撃の起こりをとらえようとしている。

間合が狭まるにつれ、ふたりの全身に次第に斬撃の気が高まってきた。

松之助は、茂兵衛の脇に立ったまま動かなかった。青眼に構えた切っ先が、かすかに震えていた。茂兵衛と岸崎の気魄に圧倒されている。

ふいに、岸崎の寄り身がとまった。斬撃の間境《まざかい》の一歩手前である。茂兵衛の構えに隙がなかったため、このまま踏み込むと茂兵衛の斬撃をあびるとみたのだろう。

イヤアッ！

突如、岸崎が裂帛《れっぱく》の気合を発した。気合で茂兵衛の構えをくずそうとしたらしい。

だが、茂兵衛の構えはくずれなかった。青眼に構えた切っ先が、ピタリと岸崎の目線につけられている。


一方、大川端から空き地に踏み込んできた柳村は、すばやい動きで巨漢の増沢の前にまわり込んだ。

増沢は突然目の前にあらわれた柳村を見て、驚いたような顔をしたが、

「おぬし、何者だ！」

と、声高に誰何《すいか》した。増沢は、柳村を初めて見たのだろう。

「おれは、伊丹どのの仲間だ。今日は、おぬしの首を落とすつもりで、ここに来

た」

言いざま、柳村は青眼に構え、切っ先を増沢にむけた。

「おれが、おぬしの首を落としてくれる！」

増沢は抜刀した。三尺はあろうかという長刀である。

柳村の顔に、驚きの色が浮いた。増沢の手にした長刀とあいまって、巨漢が小山のように感じられたのだ。

増沢は低い八相に構えた。いや八相ではない。刀を右肩より低くとり、切っ先を真横にむけている。

……これが、首薙ぎの太刀の構えか！

柳村は胸の内で声を上げた。茂兵衛から、増沢の遣う首薙ぎの太刀のことを聞いていたのだ。

柳村は一歩身を引いた。このまま一足一刀の斬撃の間境に踏み込むのは危険だと察知したのだ。

「おい、逃げては、勝負にならぬぞ」

言いざま、増沢は一歩踏み込んだ。

さらに、柳村は身を引いた。増沢の手にした長刀のとどく間の外へ逃げようとしたのだ。

増沢は間合をつめてきた。すばやい動きである。

ふいに、柳村の足がとまった。空き地の隅に植えられた梅の幹が背後に迫り、それ以上下がれなくなったのだ。

「逃げられんぞ！」

増沢が一歩踏み込んだ。

刹那、増沢の全身に斬撃の気がはしった。

キエエッ！

増沢の甲走った気合がひびき、長刀が横一文字にはしった。

一瞬、柳村は右手に体を倒した。増沢の斬撃を刀で受けることも、身を引いて躱《かわ》すこともできないと察知し、体を倒したのだ。

それでも、間に合わなかった。

ザクリ、と柳村の左の肩口が裂けた。だが、増沢の長刀の切っ先がとらえたのは、柳村の小袖だけで、肌まではとどかなかった。

柳村は素早く地面を転がり、身を起こすと、さらに大きく右手に跳んで増沢から逃げた。そして、増沢から離れると、飛び起きてふたたび切っ先を増沢にむけた。

……恐ろしい男だ！

と、柳村は思った。

「次は、首を落とす」

そう言って、増沢は大股で柳村に近寄り、ふたたび刀身を横に倒した。首薙ぎの太刀の構えである。

そのとき、川澄たち五人は空き地のなかほどに立ち、笹野、小柴、井坂の三人を取り囲んでいた。いずれも刀を手にし、笹野たちに切っ先をむけている。

「うぬら、亀沢藩の者だな」

笹野が怒りに顔を染めて言った。

「いかにも。うぬは笹野か」

川澄は、笹野と対峙して青眼に構えた。

笹野の左手には、下目付の林崎尚之助《はやしざきまさのすけ》がいた。林崎は腕がたったので、目付筋の者たちのなかから助太刀にくわわったのだ。林崎も青眼に構え、切っ先を笹野にむけていた。腰の据わった隙のない構えである。

もうひとり、新たにくわわったのは中山新平《なかやましんぺい》だった。やはり、下目付で林崎同様腕がたつ。

村越、安原、中山の三人は、小柴と井坂を取り囲むように立ち、ふたりに切っ先をむけていた。ただ、村越たちは、小柴たちとの間合をひろくとっていた。小柴が遣い手だったので迂闊に間合が狭められなかったのだ。

「かかってこい！」

小柴が、威嚇《いかく》するように声をかけた。

3

小柴が村越たちに声をかけたとき、ふいに茂兵衛の鋭い気合がひびいた。茂兵衛が踏み込みざま岸崎に斬り込んだのだ。

青眼から袈裟へ——。

刹那、岸崎は身を引きながら、八相から茂兵衛の籠手を狙って斬り下ろした。一瞬の攻防である。

茂兵衛の切っ先が岸崎の肩先を切り裂き、岸崎の切っ先も前に伸びた茂兵衛の右手をとらえていた。

次の瞬間、ふたりは後ろに跳び、大きく間合をとった。茂兵衛は青眼に、岸崎は八相に構えている。

「やるな」

岸崎が茂兵衛を見すえて言った。

岸崎の肩から胸にかけて小袖が裂け、血の色があった。だが、出血はわずかである。一方、茂兵衛の右の前腕からも血が出ていた。こちらも、薄く皮肉を裂かれただけらしい。

ふたりの間合は、およそ三間。一足一刀《いっそくいっとう》の斬撃の間境の外である。

このとき、茂兵衛の腕の血を見た松之助が、

「父、母の敵！」

と叫びざま、切っ先を岸崎にむけて踏み出した。目がつり上がり、切っ先が震え

ている。茂兵衛が腕を斬られたのを見て、我を忘れたらしい。

「松之助、下がれ！」

茂兵衛が強い口調で制した。

松之助の足がとまった。茂兵衛の声にはいつになく強いひびきがあり、我を取り戻したらしい。

「岸崎、いくぞ！」

茂兵衛は全身に斬撃の気配を漲《みなぎ》らせ、摺り足で岸崎との間合をつめた。一撃必殺の気魄が漲っている。

岸崎は後ずさった。茂兵衛の気魄に圧《お》されたのである。


ギャッ！

という絶叫が空き地にひびいた。井坂がよろめいている。井坂の肩から胸にかけて、血に染まっていた。村越の斬撃をあびたのである。

このとき、笹野が後ずさりながら、

「引け！　この場は、引け！」

と、叫んだ。笹野の右袖が裂けて、血が滲んでいた。笹野は、左手にいた林崎の斬撃をあびたのだ。

笹野の声で小柴も後ずさり、切っ先をむけていた安原から間合をとると、反転して逃げようとした。

「逃がさぬ！」

踏み込みざま、安原が袈裟に斬り込んだ。

ザクリ、と小柴の小袖が、肩から背にかけて裂けた。あらわになった背に血の線が走り、血が流れ出たが、小柴はその場から大川端の方に走った。皮肉を裂かれたが、それほどの深手ではないらしい。

小柴につづいて、笹野も逃げた。抜き身を手にしたまま小柴の後を追っていく。

井坂は逃げなかった。深手らしく、その場にうずくまったまま呻き声を上げている。

茂兵衛と闘っていた岸崎は、小柴と笹野が逃げるのを目の端でとらえると、素早い動きで後ずさり、

「勝負、あずけた！」

言いざま反転し、小柴たちの後を追って走りだした。

「逃げるか！」

茂兵衛は岸崎の後を追ったが、すぐに足がとまった。岸崎の逃げ足が速く、追っても無駄だと思ったのだ。

茂兵衛の後から走ってきた松之助も足をとめた。

「爺さま！　岸崎が逃げました」

松之助が、岸崎の後ろ姿を見ながら声を上げた。悔しそうな顔をしている。

茂兵衛は、柳村と増沢に目をやった。柳村に助太刀しようとしたのだ。

だが、柳村の前に増沢の姿はなかった。増沢は岸崎たちにつづいて、大川端の道を走っていく。

増沢は岸崎たちが逃げるのを目にし、柳村との闘いをやめて岸崎たちの後を追ったらしい。

「このまま、逃がしはせぬ」

茂兵衛は岸崎や増沢の背に目をやって言った。

逃げる岸崎たちの背後に、人影があった。弥助である。弥助は岸崎たちの跡を尾けているのだ。

茂兵衛は弥助に、岸崎たちが逃げたら、跡を尾けて行き先をつかんでくれ、と頼んであったのだ。

「伊丹どの！」

背後で、川澄の声が聞こえた。

見ると、空き地のなかほどにへたり込んでいる井坂のまわりに川澄たちが集まっていた。井坂は生きているらしい。

茂兵衛は、すぐに川澄たちのそばに走り寄った。

井坂は苦しげに喘ぎ声を上げ、体を顫わせていた。出血が激しい。肩から胸にかけて小袖が裂け、どっぷりと血を吸っていた。いまも、傷口から血が迸《ほとばし》り出ている。

……長くは保《も》たぬ。

と、茂兵衛はみてとった。

「増沢たちの隠れ家は、どこだ」

川澄が声を大きくして井坂に訊いた。

「し、知らぬ……」

井坂が喘ぎ声を洩らしながら言った。

「井坂、増沢たちはおぬしを見捨てて逃げたのだぞ。その増沢たちを庇《かば》うつもりか」

「…………」

井坂は顔をゆがめただけで、何も言わなかった。喘ぎ声が激しくなっている。

「増沢たちの隠れ家は、どこだ」

さらに、川澄が訊いた。

「と、豊島町《としまちよう》と、聞いている」

井坂が声をつまらせて言った。

「豊島町のどこだ」

神田豊島町は、柳原通り沿いにひろがっている。広域な町で、豊島町と分かっただけでは、探すのがむずかしい。

「あ、新シ橋の近くらしい」

それだけ言うと、井坂は頭を垂れてしまった。顔を上げているのも苦しいらしい。体が顫え、肩で息をしている。

「井坂。増沢たちが、辻斬りまでして大金を集めているのは何のためだ」

茂兵衛は前に田上を川澄の住む借家に連れ込んだとき、田上からその理由《わけ》を聞いていたが、改めて訊いた。

「え、江戸に雲仙流を、ひろめるため……」

井坂が声を震わせて言った。

「雲仙流をひろめるために、金がいるのか」

さらに、茂兵衛が訊いた。

井坂は何か言おうとして顔を上げたが、グッと喉のつまったような呻き声を洩らしただけだった。

ふいに井坂の首が前に落ち、ぐったりとなった。息の音が聞こえない。

「死んだ」

茂兵衛がつぶやくような声で言った。

## 4

……来たな！

弥助は胸の内で声を上げた。

空き地から、岸崎たちが逃げてくる。岸崎、増沢、笹野、小柴の四人である。笹野と小柴には血の色があったが、たいした傷ではないようだ。

弥助は大川端に植えられた柳の陰に身を隠していた。空き地から逃走する者がいたら、跡を尾けて行く先をつきとめるのである。

弥助は岸崎たち四人が通り過ぎるのを待って、柳の陰から通りに出た。そして、四人から半町ほど間をとって、跡を尾け始めた。

尾行は楽だった。大川端の通りは行き交うひとの姿が多かったので、通行人に紛れることができたのだ。

時々、岸崎たちは背後を振り返った。そのとき、弥助の姿も目にしたはずだが、何の反応もなかった。岸崎たちの念頭にあるのは武士だけで、町人が跡を尾けてくるなどとは思ってもみなかったのだろう。

岸崎たちは、諏訪町に入る手前で右手の通りに入った。そして、日光街道に出ると、南にむかった。

日光街道に入ると、尾行はさらに楽になった。旅人や浅草寺の参詣客などが行き交い、近付いても不審を抱かれないからだ。

岸崎たちは、神田川にかかる浅草橋を渡って賑やかな両国広小路に出た。

弥助は浅草橋を渡ると、足を速めて岸崎たちとの間をつめた。広小路の雑踏に紛れ、岸崎たちの姿を見失いそうになったからだ。

岸崎たちは、両国広小路を西にむかった。そして、柳原通りに入り、郡代屋敷の脇を通り過ぎて神田川にかかる新シ橋の近くまで来た。そこで、四人は二手に分かれた。巨漢の武士と中背の武士が、左手の通りに入ったのだ。他のふたりは、そのまま柳原通りを西にむかっていく。

左手の通り沿いには、豊島町がひろがっていた。

……まがったのは、増沢と笹野だな。

弥助は、増沢が巨漢で、笹野は中背だと聞いていたのだ。そのまま西にむかったのは、岸崎と小柴のようだ。弥助は何度か岸崎と小柴を目にしたことがあったので、後ろ姿でもそれと知れたのだ。

弥助は増沢たちを尾けることにし、増沢たちからすこし間をとって左手の通りに入った。前方に、増沢と笹野の後ろ姿が見えた。ふたりは、何やら話しながら歩いていく。

弥助は通行人に紛れたり、通り沿いの店の脇に身を隠したりしながら、増沢たちの跡を尾けた。

増沢たちは通りをいっとき歩くと、一膳めし屋の脇の路地に入った。

弥助は走った。ふたりの姿が見えなくなったからである。一膳めし屋の脇まで来て、路地の先に目をやると、ふたりの後ろ姿が見えた。ふたりには、背後を気にしている様子がなかった。ここまで来れば、尾行者などいないと思っているのだろう。

その路地は、人影がすくなかった。路地沿いには、八百屋、豆腐屋、下駄屋などの小体な店があったが、空き地や草藪なども目についた。

ふたりは路地に入って二町ほど歩くと、小体な仕舞屋の前で足をとめた。古い借家ふうの建物である。

ふたりは家の戸口に足をとめると、周囲に目をやってから板戸をあけた。そして、慣れた様子で家に入った。

……増沢たちの隠れ家だな。

弥助は路傍に立って、いっときふたりの入った家に目をやっていたが、家の方に歩きだした。通行人を装って、家の前を通ってみようと思ったのだ。

弥助は家の近くまで来ると、すこし歩調をゆるめた。そして、聞き耳をたててゆっくりと家の前を通り過ぎた。

家のなかから、増沢たちらしい声が聞こえたが、何を話しているのかは分からなかった。弥助は家の前を通り過ぎ、半町ほど行った先に八百屋があるのを目にとめた。

店先にいた親爺に聞いてみると、増沢たちが入った家は借家で、ふたりの武士は一年ほど前から住むようになったという。

親爺が不審そうな顔をしたので、弥助は懐に入れてあった古い十手を見せ、

「ふたりは、何をして暮らしてるんだい」

と、声をあらためて訊いた。

弥助は知り合いの岡っ引きからもらった古い十手を持ち歩くことがあった。聞き込みのときに、岡っ引きと思わせるためである。

「分からねえ。あっしはふたりの名も、何をしてるかも知らねえんで」

親爺は、すぐに答えた。弥助のことを岡っ引きと思ったようだ。

「訪ねてくる者はいねえのか」

「何度か、別の二本差しと家に入るのをみかけたことがありやす」

「仲間かな」

弥助は、岸崎や小柴ではないかと思った。

「手間をとらせたな」

弥助はそう言い置いて、八百屋の店先から離れた。それ以上、訊くことはなかったのである。

弥助は来た道を引き返し、そのまま庄右衛門店の茂兵衛の家にむかった。家には、茂兵衛、松之助、柳村、川澄の四人の姿があった。

「弥助、待っていたぞ」

茂兵衛が声をかけた。

弥助は土間に立ったまま、

「増沢と笹野の隠れ家が知れやしたぜ」

と言って、座敷にいた茂兵衛たちに目をやった。

「どこだ」

茂兵衛が身を乗り出して訊いた。

「豊島町の借家でさァ」

「まちがいない。そこが、増沢たちの隠れ家だ」

茂兵衛は男たちに、井坂が死に際に、増沢の隠れ家は豊島町にあると口にしたことを話した。

「どうする」

川澄が訊いた。

「早く手を打った方がいいな。どうだ、明日にも豊島町の隠れ家に出かけ、増沢たちを討ち取るか」

茂兵衛が、男たちに目をやって訊いた。

「ここにいる三人でか」

川澄が茂兵衛と柳村に目をやった。

「村越の手も借りたいな」

茂兵衛が言った。増沢と笹野は遣い手なので、念のために村越の手も借りたかった。三人だと、取り逃がす恐れがあったのだ。

「明日の午後なら、村越を連れてこられる」

川澄が、明日早いうちに村越と連絡をとり、ふたりで長屋に来ると話した。

「よし、明日の午後だ」

茂兵衛が声高に言った。

5

翌日の九ツ半（午後一時）ごろ、茂兵衛、柳村、川澄、村越、それに弥助の五人が、庄右衛門店を出た。松之助は長屋に残した。増沢たちに襲われる懸念がなくったからである。

茂兵衛たちが日光街道を通って両国広小路に出ると、

「こっちでさァ」

と弥助が言って、先にたった。

茂兵衛たちは、弥助の先導で、柳原通りを経て増沢たちの隠れ家のある路地に入

った。そして、いっとき歩くと、弥助が路傍に足をとめ、

「あの家で」

と言って、小体な仕舞屋を指差した。表戸はしまっている。

「増沢たちはいるかな」

茂兵衛が言った。

「あっしが、様子を見てきやす」

弥助はその場に茂兵衛たちを残し、ひとりで増沢と笹野の住む借家に足をむけた。

弥助は通行人を装い、借家の戸口近くまで行くと、歩調をゆるめて聞き耳をたてているようだったが、そのまま通り過ぎた。そして、借家からすこし離れると、踵を返し、足早に茂兵衛たちのそばにもどってきた。

「留守のようですぜ」

すぐに、弥助が言った。

「家には、だれもいないのか」

茂兵衛が訊いた。

「へい。物音もしねえし、ひとのいる気配がねえんでさァ」

「出かけたのかな」

「どうしやす」

弥助が訊いた。

「出直す手もあるが、せっかく来たのだ。しばらく、様子を見るか」

茂兵衛が、夕方になれば帰ってくるかもしれない、と言い添えた。

「いいだろう。増沢たちがもどるのを待とう」

柳村が言った。

茂兵衛たちは、路地沿いに枝葉を茂らせていた椿《つばき》の樹陰に身をひそめ、増沢たちがもどるのを待つことにした。

増沢たちは、なかなか姿を見せなかった。陽は家並の向こうに沈み、椿の樹陰には淡い夕闇が忍び寄っている。

「帰《けえ》ってこねえなァ」

弥助が生欠伸《なまあくび》を噛《か》み殺して言った。

「今日は、帰らないのではないか」

川澄も、うんざりした顔をしていた。

「もうすこし、待とう。……ここが隠れ家なら、帰るはずだ」

茂兵衛が、そう言ったときだった。

弥助が樹陰から身を乗り出すようにして路地の先に目をやり、

「来た！」

と、声を上げた。

茂兵衛たちの目が、いっせいに路地の先にむけられた。

「三人いるぞ」

茂兵衛は、増沢と笹野の後ろにもうひとり、武士体の男がいるのを目にした。

「佐々倉だ！」

川澄が言った。

佐々倉稲次郎は江戸詰めの藩士で、雲仙流一門だった。増沢たちと接触しているとみられていた男である。

「ちょうどいい。佐々倉も討ち取ろう」

村越が言った。

「わしが、増沢をやる」

茂兵衛はひとりの剣客として、増沢の遣う首薙ぎの太刀と立ち合ってみたかったのだ。

「笹野はおれにやらせてくれ」

柳村が、近付いてくる三人の武士を見据えて言った。

「ならば、おれと村越で、佐々倉を斬る」

川澄が言うと、村越がうなずいた。

茂兵衛たちが樹陰でそんなやり取りをしている間に、増沢たち三人は近くまで来ていた。何やら話しながら歩いてくる。

増沢たち三人が椿のそばまで来たとき、茂兵衛たち四人はいっせいに飛び出した。茂兵衛と柳村が増沢たちの前に、川澄と村越が背後にまわり込んだ。

増沢たちは、ギョッとしたように棒立ちになったが、

「伊丹たちか！」

と増沢が叫び、抜刀体勢をとった。

笹野と佐々倉も、刀の柄に右手を添えて身構えた。三人とも逃げずに、茂兵衛たちと闘う気になっている。三人とも腕に覚えがあったからだろう。

茂兵衛は増沢の前にまわり込み、

「増沢、わしが相手だ」

と言って、抜刀した。

「老いぼれめ、おれの首薙ぎの太刀を受けてみるか」

増沢も、長刀を抜きはなった。

柳村は笹野の前に立ち塞がり、

「おぬしの相手は、おれだ」

と、言いざま抜刀した。

「うぬの名は」

笹野が訊いた。まだ、柳村の名を知らないようだ。

「柳村練三郎。……牢人だ」

柳村は青眼に構え、切っ先を笹野にむけた。素早い動きである。

「雲仙流の太刀捌きをみせてやる」

笹野も、青眼に構えた。

ふたりは、青眼に構えたまま対峙した。ふたりの間合は、およそ二間半――。まだ、一足一刀の斬撃の間境の外である。

一方、佐々倉と相対したのは、村越だった。川澄は、佐々倉の背後にまわり込んでいる。

6

茂兵衛は増沢と対峙すると、青眼に構えて剣尖を増沢の目線につけた。

増沢は切っ先を右手にむけ、刀身をほぼ水平にとった。首薙ぎの太刀の構えである。

ふたりの間合は、およそ三間――。まだ、一足一刀の斬撃の間境の外である。

「立ち合う前に、おぬしに訊いておきたいことがある」

茂兵衛が言った。

「なんだ」

「おぬしほどの腕がありながら、脱藩までして江戸へ出て、辻斬りをしているのはどういうわけだ」

「雲仙流をひろめるためだ」

「雲仙流をひろめるために町人を斬り、金を奪うのか」

茂兵衛の語気が強くなった。

「問答無用！」

叫びざま増沢は一歩踏み込み、斬撃の気配を見せた。

すかさず茂兵衛は、剣尖を増沢の目線につけ、全身に気勢を漲らせた。斬撃の気配を見せ、気魄で攻めている。

増沢の動きがとまった。茂兵衛の気攻《きぜ》めに圧されたのである。

「老いぼれ、やるな」

増沢の顔がひきしまった。茂兵衛にむけられた双眸が、淡い夕闇のなかで切っ先のようにひかっている。

増沢は全身に激しい気勢を込め、気魄で茂兵衛を攻めた。その巨体とあいまって、増沢の体が小山のように大きく見えた。

だが、茂兵衛は動揺しなかった。気を鎮め、増沢の気の動きを読んでいる。

そのときだった。笹野の絶叫がひびいた。柳村に斬られたらしい。

笹野の絶叫に、増沢が反応した。

「いくぞ！」

と声をかけ、増沢が先《せん》をとった。足裏を摺るようにして、ジリジリと間合を狭めてくる。

対する茂兵衛は動かなかった。気を鎮めたまま、増沢との間合と斬撃の起こりを読んでいる。

ふいに、増沢の寄り身がとまった。一足一刀の斬撃の間境まで、まだ一歩ほどある。

増沢の全身に斬撃の気配が高まり、巨体がさらに膨れ上がったように見えた。

……この遠間《とおま》から、くるのか！

茂兵衛が頭のどこかで、そう思った瞬間だった。

増沢の全身に斬撃の気がはしり、
キエエッ！

と、甲走った気合がひびいた。刹那、長刀の切っ先が刃唸《はうな》りをたてて横一文字にはしった。

一瞬、茂兵衛は一歩身を引いた。勝手に、体が反応したのである。

増沢の切っ先は、茂兵衛から二尺ほども離れた前方の空を切って流れた。

……捨て太刀か！

茂兵衛が胸の内で叫んだ。

増沢は茂兵衛を斬るために長刀を横に払ったのではなかった。初太刀《しょだち》を捨て、茂兵衛の身を引かせたのだ。

増沢は茂兵衛との間があくと、

「勝負、あずけた！」

と叫びざま、反転した。そして、長刀の峰を肩に当て、担ぐようにして走りだした。笹野が斬られたのを知って、逃げたのである。

「逃げるか！」

茂兵衛は慌てて後を追ったが、増沢との間はひらくばかりだった。

茂兵衛は足をとめた。そして、柳村や川澄たちの方へもどりかけたとき、佐々倉の絶叫がひびいた。川澄の斬撃をあびたらしい。

佐々倉はよろめき、足がとまると、腰からくずれるように転倒した。

茂兵衛は、足早に柳村のそばにもどった。柳村に斬られた笹野が、地面にへたり込んだまま苦しげな呻き声を上げていた。顔が蒼《あお》ざめ、体が顫えている。

……助からぬ。

と、茂兵衛はみてとった。

笹野の脇に柳村が立っていた。返り血を浴びた顔が血に染まり、双眸が夕闇のなかで切っ先のようにひかっている。闘いの余韻が残っているようだ。

「柳村、笹野に訊きたいことがあるのだがな」

茂兵衛が柳村に言った。

「訊いてくれ」

柳村は刀に血振りをくれ、鞘に納めた。

「増沢はどこへ逃げた」

茂兵衛が語気を強くして訊いた。

「し、知らぬ」

笹野が声を震わせて言った。顔から血の気が引き、体が顫えている。

「岸崎のところではないのか」

「そうかもしれぬ」

「岸崎は、どこに身を隠している」

茂兵衛が畳み掛けるように訊いた。笹野の意識がはっきりしているうちに、話を聞き出したかったのだ。

「小柳町《こやなぎちょう》と聞いている」

笹野は隠さなかった。もっとも、隠す必要のないことかもしれない。

「小柳町のどこだ」

すぐに、茂兵衛が訊いた。小柳町もひろい町だった。小柳町というだけでは探しようがない。

「し、知らぬ。おれは、行ったことがない」

笹野は苦しげに顔をゆがめた。

「うむ……」

茂兵衛は虚空を睨むように見すえた後、

「笹野、うぬらは何のために脱藩までして江戸に出たのだ」

と、声をあらためて訊いた。

「え、江戸に、雲仙流をひろめるためだ」

笹野が喘ぎながら言った。体の顫えが激しくなっている。

「辻斬りをしたのは、何のためだ」

「か、金がいる」

笹野が声をつまらせた。体が大きく揺れ、身を起こしていられなくなった。

茂兵衛は笹野の体を後ろから支え、

「暮らしのための金か」

と、声を大きくして訊いた。

「ち、ちがう。……道場のためだ」

笹野はそう言った後、背を反らして身を硬直させたが、すぐにぐったりとなった。

絶命したようだ。

「国元の雲仙流の道場に、金を送るつもりだったのかな」

茂兵衛が笹野の体を支えたまま言った。

「江戸に雲仙流の道場を建てる気だったのかもしれんぞ」

柳村がつぶやいた。

茂兵衛たちからすこし離れたところで、川澄と村越が佐々倉に話を訊いていた。佐々倉も上半身が血に染まっている。

茂兵衛と柳村は、川澄たちのそばに走り寄った。

佐々倉はまだ生きていたが、深手だった。自力で身を起こしていられないようだ。村越が後ろから、へたり込んでいる佐々倉の体を支えている。

「佐々倉、何ゆえ増沢たちに味方した！」

川澄が、語気を強くして訊いた。

「う、雲仙流の、ためだ」

佐々倉が喘ぎながら言った。

「そこまで、雲仙流のためにやるのは、何か訳があるのか」

「う、雲仙流の者は、藩内で虐げられている。そ、それで、おれたちは雲仙流をひろめるために……」

「虐げられてなどいないぞ。おぬしの思いちがいだ」

「は、藩の重職につく者は、かぎられている」

「そ、それは……」

川澄は言葉につまった。

たしかに、雲仙流を身につけた者は軽格の者が多かった。だが、それは雲仙流を身につけたせいではない。雲仙流の道場が山間《やまあい》の地にあったことから、門人の多くが軽格の藩士や郷士だったのだ。

「お、おれは、雲仙流をひろめたいという、増沢どのの思いに、賛同し……」

そこまで話すと、佐々倉は急にぐったりとなった。

「しっかりしろ！」

川澄が佐々倉の体を揺すったが、意識はもどらなかった。

## 7

増沢の隠れ家を襲った翌日、茂兵衛、柳村、弥助、川澄、村越の五人は、神田川にかかる和泉橋のたもとに集まった。岸崎の隠れ家を探すために、これから小柳町にむかうのだ。

八ツ（午後二時）ごろだった。晩秋の陽射しが神田川の川面《かわも》を照らし、キラキラと輝いていた。穏やかな日和である。

柳原通りは、人出が多かった。様々な身分の老若男女が行き交っている。

「さて、行くか」

茂兵衛が声をかけた。

五人は、柳原通りを西にむかっていっとき歩いてから左手に折れた。すぐに西にむかう通りがあり、小柳町へつづいている。

五人は小柳町に入ると、足をとめた。

「さて、どうするか」

茂兵衛が言った。小柳町は、一丁目から三丁目まであるひろい町である。分かっているのは町名だけなので、岸崎の隠れ家をつきとめるのはむずかしい。

「手分けして探すか」

柳村が言った。

「そうしよう」

茂兵衛たちはその場で相談し、三手に分かれることにした。

茂兵衛と弥助が小柳町一丁目、柳村が二丁目、川澄と村越が三丁目である。

「暮れ六ツ（午後六時）の鐘が鳴るころには、ここにもどってくれ」

茂兵衛がそう言い、五人はその場で分かれた。

茂兵衛と弥助は通りを西にむかい、一丁目に入ったところで足をとめた。

「闇雲に歩いても埒が明かぬ。……まず、武士の住む借家を探そうではないか」

茂兵衛が言った。

「表通りには、借家などねえはずだ。とりあえず、借家のありそうな路地に入ってみやしょう」

「そうだな」

ふたりは、表通りを歩きながら借家のありそうな路地を探した。

しばらく歩くと、瀬戸物屋の脇に路地があった。路地の角まで来て覗くと、小体な店や仕舞屋などが路地沿いに並んでいる。ぽつぽつと人通りがあった。ほとんど町人で、ぼてふりや風呂敷き包みを背負った行商人の姿もあった。

「ここに、入ってみるか」

茂兵衛と弥助は、路地に入った。

ふたりは路地沿いの仕舞屋に目をやりながら歩いたが、借家らしい建物はなかった。

「借家など、ねえ」

弥助が路地の先に目をやって言った。

「だれかに訊いた方が早いな」

半町ほど先に、下駄屋があった。店先の台に、赤や紫の鼻緒をつけた下駄が並んでいる。店の戸口近くで、店のあるじらしい男が下駄の台木に歯をつけていた。

「下駄屋で、訊いてみるか」

茂兵衛は下駄屋に足をむけた。

店先に立つと、あるじらしい男が顔を上げ、

「いらっしゃい」

と、声をかけたが、顔に戸惑うような表情が浮いた。老齢の武士が、下駄を買いに来たとは思わなかったのだろう。

「つかぬことを訊くが、この辺りに借家はあるかな」

「借家ですかい」

男は立ち上がって店先まで来ると、首をひねった。

「借家はないのか」

「へい、この路地に借家はありませんせん」

男が言った。

「そうか」

茂兵衛は、残念そうな顔をした。

「たしか、この先の八百屋の角を左手にまがると、借家があったな」

男が首をひねりながら言った。自信がないのだろう。

「この路地の先か」

「そうでさァ」

「行ってみよう」

茂兵衛は、男に礼を言って店先から離れた。

茂兵衛と弥助はさらに路地を歩いた。それから、しばらく歩くと四辻の角に八百屋があった。

「旦那、その八百屋ですぜ」

弥助が指差して言った。

「その角を、左手にまがるのだな」

茂兵衛たちは、左手の路地に入った。そこは、寂れた感じのする路地で、空き地や笹藪などが目についた。

ふたりは路地沿いに目をやりながら、借家らしい家屋を探したが見つからなかった。路地に入って二町ほど歩いたろうか。

「旦那、借家らしい家がありやすぜ」

弥助が前方を指差した。

一町ほど先に、借家らしい家屋が路地に面して並んでいた。三軒ある。どれも同じ造りの小体な家だった。

「借家だな」

茂兵衛は、「近付いてみるか」と弥助に声をかけ、通行人を装って借家らしい家に近付いた。

茂兵衛と弥助は、三軒とも家の前に足をとめずに通り過ぎた。どの家に岸崎が住んでいるか分からず、下手に足をとめると、気付かれる恐れがあったのだ。

茂兵衛たちは、三軒目の家から半町ほど歩いたところで路傍に足をとめた。

「弥助、何か気付いたか」

茂兵衛が訊いた。

「手前の家は、町人が住んでるようですぜ」

弥助が、家のなかから町人の言葉を遣う女が、子供をあやすような声が聞こえたことを言い添えた。

「わしも、耳にした。……他の二軒は、人声も物音も聞こえなかったな」

「留守かもしれねえ」

「近所の者に、訊いてみるか」

茂兵衛は路地沿いに目をやったが、話の聞けそうな店はなかった。

「旦那、向こうから子供連れの女が来やすぜ」

弥助が路地の先を指差していた。

見ると、長屋住まいらしい女が、四、五歳と思われる女の子の手を引いて、こちらに歩いてくる。

「あっしが、訊いてきやすよ」

そう言い残し、弥助は小走りに子供連れの女に近付いた。

弥助はいっとき女と話していたが、足早に茂兵衛のそばにもどってきた。女と子供は、路傍に足をとめて茂兵衛たちを見ている。

「旦那、知れやしたぜ」

「知れたか」

「へい、岸崎の家は、ここから三軒目でさァ」

弥助が女から聞いたところによると、三軒とも借家で、三軒目の家にふたりの武士が住んでいるという。

茂兵衛たちは三軒の家の前を通り過ぎてきたので、岸崎の住む借家は、八百屋の角から入ってくると、一番手前ということになる。

「もどるか」

「へい」

茂兵衛と弥助は、来た道を引き返した。

途中、岸崎たちの住む家の戸口近くに足をとめて聞き耳を立てたが、物音も話し声も聞こえなかった。

「留守のようだ」

茂兵衛が言った。

「どうしやす」

「ともかく、柳村や川澄たちに話そう」

茂兵衛と弥助は来た道を引き返した。


まだ暮れ六ツ（午後六時）前だったこともあり、分かれた場所にだれももどっていなかった。

それからいっとき経つと、まず柳村が姿を見せ、間を置かずに川澄と村越がもどってきた。

「岸崎の住む家が見つかったぞ」

すぐに、茂兵衛が言った。そして、岸崎の住む借家のある場所と、いまは留守らしいことを話してから、

「ともかく、明日だな」

と、言い添えた。茂兵衛はあらためて出直し、岸崎がいるかどうか確かめようと

思ったのだ。

「明日、出直そう」

川澄たちも同意した。

翌日、茂兵衛たち五人は朝のうちに、岸崎の住む借家近くに来て借家の様子を探ったが、やはり留守らしかった。五人で手分けして近所で聞き込むと、岸崎は昨日の朝方、借家を出たらしいことが知れた。

「あっしは、隣りの借家に住む大工に訊いたんですがね。岸崎は大きな風呂敷包みを手にして、借家を出たらしい。それが、三人いたそうですぜ」

話を聞いてきた弥助が、目をひからせて言った。

「三人だと」

思わず茂兵衛が聞き返した。柳村や川澄たちも、弥助に目をむけた。

「三人とも、侍だったそうで」

「やはり、増沢は岸崎たちのところに身を寄せたようだ」

茂兵衛が言った。

増沢は岸崎たちの住む借家に顔を出し、笹野と佐々倉が茂兵衛たちに討たれたことを話したにちがいない。それで、岸崎たちはここの借家にも川澄たちの手が伸びるとみて、姿を消したのだろう。

# 第五章　攻防

## 1

「このまま、増沢が国元に帰るとは思えぬ」

川澄が語気を強くして言った。

「おれも、増沢は江戸に残るような気がする。大金を所持しているはずだし、江戸で雲仙流をひろめるという野望は、捨ててはいないだろう」

村越も川澄と同じ意見を口にした。

そこは、川澄の住む堀留町の借家だった。川澄と村越の他に、茂兵衛の姿もあった。増沢と岸崎たちが、小柳町の借家から姿を消してから二日後だった。茂兵衛たち三人は、これからどうするか相談するために集まったのである。

「わしも、増沢は江戸にとどまっている気がするが……。まず、隠れ家をつきとめねばならんな」

茂兵衛は、増沢だけでなく、岸崎と小柴も同じ隠れ家にいるのではないかとみていた。

「隠れ家を探す手は、あるか」

茂兵衛が訊いた。

「あるにはあるが、うまく突き止められるかどうか……」

川澄が戸惑うような顔をした。

「話してくれ」

「江戸詰めの徒組には、まだ何人か雲仙流一門だった者がいる。なかには、増沢に同調して接触する者がいるはずだ」

川澄が、雲仙流一門だった者に目を配り、任務以外に藩邸を出る者がいたら跡を尾けてみる、と言い添えた。

「藩士たちのことは、川澄と村越に頼む。……わしは、岸崎と小柴から行き先を追ってみよう」

「何かいい手はあるのか」

川澄が訊いた。

「いい手ではないが……。岸崎たちは小柳町の借家に、しばらく住んでいたはずだ。近所の料理屋や飲み屋などで、酒を飲むことがあったのではないか。贔屓にしていた店が分かれば、行き先の手掛かりになるようなことが聞き出せるかもしれぬ」

あまり期待はできないが、何もせずに長屋で燻《くすぶ》っているよりはいいだろう、と茂兵衛は思った。

それから、茂兵衛はしばらく川澄たちと話してから腰を上げた。

庄右衛門店の家にもどると、座敷にいた松之助が、

「爺さま、すこし前に弥助さんが来ました」

と、声高に言った。

「何の用件か訊いたか」

「爺さまに、福多屋に来て欲しいとのことです。いっしょに、わたしも来るよう言っていました」

松之助が、茂兵衛の袖をつかんで言った。目がかがやいている。

このところ、茂兵衛は長屋を留守にすることが多かった。松之助は長屋で留守番

をしているが、やはりひとりでいるのは寂しいのだろう。

「いっしょに行くか」

茂兵衛が訊いた。

「はい、行きます」

松之助は、茂兵衛の袖をつかんだまま声を上げた。

茂兵衛と松之助が、福多屋の戸口から入っていくと、帳場に富蔵と弥助の姿があった。ふたりは何やら話していたらしいが、富蔵は茂兵衛たちを目にすると、

「お待ちしていましたよ」

と言って、立ち上がり、「松之助さんが、見えたよ」と奥に声をかけた。おさよとお春に、松之助が来たことを知らせたらしい。

すぐに、おさよとお春が姿を見せ、

「松之助さん、いらっしゃい」

と、お春が声をかけ、松之助のそばに来ると、

「お菓子を食べましょう。松之助さんが来るかもしれないと聞いて、いっしょに食べようと思って、取っておいたの」

そう言って、松之助の手を引いた。

松之助は茂兵衛に目をやり、

「行ってもいいですか」

と小声で訊いた。

「いいぞ。だが、わがままを言うなよ」

茂兵衛が苦笑いを浮かべて言った。

松之助とお春が奥へむかうと、おさよが、

「お茶を淹れましょうね」

と言い残し、松之助たちの後を追うようにその場を離れた。

「伊丹さま、座敷へ上がってください」

富蔵が声をあらためて言った。

茂兵衛は、座敷に上がって腰を下ろした。富蔵は、何か話があって茂兵衛を呼んだはずである。

「実は、昨日、太田屋の智次郎さんが店に見えましてね。その後の様子を訊かれたのです。父の敵の辻斬りがどうなったか、気になっていたようですよ」

富蔵が声をひそめて言った。

「それで、どう話した」

「敵のひとりを討ったことと、もうひとりも近いうちに討てるはずだ、と話しておきましたよ」

「そうか」

柳村から、敵のひとり笹野常次郎を討ち取ったことを富蔵に話してあった。それで、富蔵はひとり討ったと智次郎に伝えたのだろう。

「智次郎さんは、礼の半金を出そうとしたのですがね、てまえが断ったんです。ふたり討ってからいただく、と言いましてね」

「増沢を斬らねば、敵を討ったことにならぬからな」

茂兵衛も、礼金は増沢を斬ってからもらうつもりだった。あるじの長兵衛を斬ったのは、増沢である。

「それで、どうです。もうひとりは討てそうですか」

富蔵が訊いた。

「増沢の行方を、いま探しているところだ。明日、小柳町に行くつもりなのだが」

茂兵衛は帳場に腰を下ろしている弥助に目をやり、「明日、いっしょに行ってくれぬか」と訊いた。

「行きやしょう」

弥助はすぐに承知した。

そんなやり取りをしているところに、おさよが茶を運んできた。茂兵衛は、いっとき茶を飲んだ後、おさよに松之助を呼んでもらい、長屋に帰った。

まだ夕餉までには早かったので、

「松之助、剣術の稽古をするか」

と、声をかけた。このところ、茂兵衛は出かけることが多く、松之助の稽古の相手をしてやれなかったのだ。

「やります!」

松之助が嬉しそうな顔をして、座敷の隅に置いてあった木刀と刀を手にした。

2

翌朝、茂兵衛は弥助を連れて小柳町にむかった。

ふたりは、岸崎たちが住んでいた借家のある路地まで来ると、念のため借家の戸口まで行ってみた。

「だれもいねえようだ」

弥助が表の板戸に耳を当てて言った。

茂兵衛も板戸に身を寄せて耳を澄ましたが、何の物音も聞こえなかった。それに、ひとのいる気配がない。

「岸崎たちがもどった様子はないな」

茂兵衛たちは、その場を離れた。

「どうしやす」

弥助が訊いた。

「岸崎たちの行き先を知りたい。岸崎たちが贔屓にしていた飲み屋か料理屋でも知れるといいんだがな」

「旦那、この路地には、飲み屋も料理屋もありませんぜ」

「表通りにもどるか」

茂兵衛と弥助は、路地から表通りにもどった。

表通りにある瀬戸物屋の前に立って、左右に目をやると、通り沿いに一膳めし屋があった。酒も出しているようだ。

「旦那、一膳めし屋の先に、そば屋らしい店もありやすぜ」

弥助が指差した。

「まず、一膳めし屋で訊いてみるか」

茂兵衛たちは、一膳めし屋にむかった。

茂兵衛が一膳めし屋の親爺に、

「ふたり連れの武士が、この店に来たことはないか」

と切り出し、岸崎と小柴の人相や体付きなどを言い添えた。

「見かけませんねえ」

親爺によると、武士が店に来ることは滅多にないという。来ても牢人だけで、茂兵衛が話したような武士ではないそうだ。

茂兵衛と弥助はそば屋にも立ち寄って話を訊いたが、岸崎と小柴が客として来た様子はなかった。

「旦那、そこの傘屋の先に、小料理屋がありやすぜ」

弥助が、通りの先を指差した。

店先に番傘《ばんがさ》や蛇の目傘《じゃめ》などが開いたまま並び、店のなかには多くの傘が立て掛けられていた。数人の客が、店にたかっている。

その傘屋の先に、小料理屋らしい小体な店があった。

「入ってみるか」

茂兵衛と弥助は、小料理屋の入口の格子戸をあけた。

土間の先が小上がりになっていて、その先に障子がたててあった。座敷になっているらしい。まだ、客の姿はなかった。

「いらっしゃい」

障子の向こうで、女の声がした。

すぐに障子があき、年増が姿を見せた。女将らしい。座敷に客を入れる準備をしていたのかもしれない。

「女将かな」

茂兵衛が、戸惑うような顔をして訊いた。年増が、客を迎えるときの愛想のいい顔をしていたからだ。

「とせです」

女将が名乗った。

「ちと、訊きたいことがあって来たのだがな」

「何でしょうか」

女将の顔から愛想笑いが消えた。客ではないと分かったらしい。

「実は、この近くに住む岸崎どのと小柴どのを訪ねてきたのだがな。どうも、引っ越したらしいのだ。ふたりから、この店に立ち寄ることがあると聞いたことがあるので、来てみたのだ」

茂兵衛は、岸崎たちからこの店のことなど聞いてはいなかったが、話を聞くためにそう切り出したのだ。

「岸崎さまですか。……そう言えば、近く引っ越すと話しているのを耳にしましたよ」

女将が言った。

「引っ越したのか！」

思わず、茂兵衛が声を上げた。

「は、はい」

女将が戸惑うような顔をした。茂兵衛が急に大きな声を出したからだろう。

「引っ越し先を聞いているかな」

茂兵衛が知りたいのは、岸崎たちの引っ越し先である。

「たしか、高砂町《たかさごちょう》だったと」

年増が首をひねった。記憶がはっきりしないらしい。

「高砂町か」

茂兵衛は、高砂町だと確信した。

高砂町は浜町堀沿いにひろがっていて、増沢が住んでいた借家のあった富沢町の隣り町である。

おそらく、増沢が岸崎たちに話して、高砂町に連れてきたのだろう。増沢は以前住んでいて、茂兵衛たちにつきとめられた借家のある富沢町の隣り町を、あえて選んだにちがいない。むしろその方が、茂兵衛や川澄たちの目から逃れられると踏んだのだろう。

茂兵衛は女将に礼を言って小料理屋から出た。

「旦那、どうしやす」

弥助が訊いた。

「どうするな」

茂兵衛は、頭上の陽に目をやった。すでに、昼ちかいのではあるまいか。高砂町もひろかった。これから、弥助と高砂町にむかっても、増沢や岸崎たちの住む家を探す時間はわずかしかないだろう。

「明日、出直すか」

茂兵衛は柳村にも話し、三人で手分けして増沢たちの住む家を探そうと思った。

翌朝、茂兵衛、弥助、柳村の三人が、福多屋に顔をそろえた。昨日のうちに、弥助が柳村と会い、福多屋に集まるよう話していたのだ。

「お気をつけて」

富蔵は店先まで出て、茂兵衛たち三人を見送った。

茂兵衛たちは日光街道を南にむかい、浅草橋を渡った。そして、日本橋方面に歩いて浜町堀にかかる緑橋のたもとまで来た。さらに、浜町堀沿いの道を歩き、高砂橋のたもとで足をとめた。高砂町は橋の西方にひろがっている。

「また、手分けして探さないか」

茂兵衛が言った。

「それがいい」

柳村が同意すると、弥助もうなずいた。

茂兵衛たち三人は、一刻（二時間）ほどしたら高砂橋のたもとに集まることにして、その場で分かれた。

3

……さて、どの辺りで探すか。

茂兵衛は、西方にひろがる町並に目をやってつぶやいた。

茂兵衛は富沢町に近い場所から探ることにし、来た道をすこし引き返してから高砂町の通りに入った。

そこは賑やかな表通りだった。人通りが多く、道沿いには下駄屋、瀬戸物屋、傘屋などが並んでいた。

茂兵衛は表通りに借家はないとみて、借家のありそうな裏路地に入った。そして、通りすがりの男に、

「この近くに、借家はあるかな」

と、訊いてみた。

「借家はありませんや」

男は素っ気なく言った。

「そうか」

茂兵衛はいったん表通りにもどり、しばらく西にむかって歩いてから、別の路地に入った。さきほどと同じように、通りかかった職人ふうの男に、近くに借家があるかどうか訊いてみた。

「ありやすぜ」

男はすぐに答えた。

「その借家に、武士は住んでいるかな」

「だれが住んでるか、知りやせん」

「借家には、どう行けばいい」

茂兵衛は、借家まで行って確かめてみようと思った。

男は茂兵衛に、いったん表通りにもどり、酒屋の脇の路地をしばらく南に歩くと借家が二軒並んでいると話した。

茂兵衛は、男に言われたとおり行ってみた。そこは細い路地で、人通りがすくなかった。小体な店や仕舞屋などが並んでいたが、借家らしい家屋は見当たらなかった。

通りすがりの者に、借家はどこにあるか訊くと、路地を二町ほど歩いた先だと教えてくれた。

茂兵衛は、さらに路地を歩いた。すると、路地沿いに借家らしい家屋が二軒並んでいるのが見えた。古い小体な家である。

茂兵衛は住人がいるか確かめてみようと思い、借家らしい家屋の方へ歩きかけた。そのとき、背後に近付いてくる足音が聞こえた。

茂兵衛は、刀の柄に右手を添えて振り返った。

「なんだ、弥助か」

近付いてきたのは、弥助だった。

「旦那、そこの椿の陰に来てくだせえ」

弥助が、路傍で枝葉を茂らせていた椿の陰に茂兵衛を誘った。

「弥助、岸崎たちが住んでいるのは、そこにある借家ではないか」

茂兵衛が、声をひそめて訊いた。弥助は借家をつきとめて、先に来ていたとみたのである。

「そうでさァ」

「二軒並んでいるが、どちらの家だ」

「それが、両方に住んでるようでさァ」

「なに、両方だと！　すると、岸崎たちは家を二軒借りたのか」

茂兵衛の声が大きくなった。岸崎たちが、二軒に分かれて住んでいるとは思わなかったのだ。

「そのようで」

弥助が通りかかった近所の者に訊くと、ちかごろ二軒の家に武士が住むようになったと話してくれたという。

「岸崎、小柴、増沢の三人だと狭いので、二軒借りたのかな」

「そうかもしれやせん」

「いまも、家にいるのか」

茂兵衛が二軒に目をやりながら訊いた。

「家の前を通って、様子をうかがってみたんですがね。両方の家から、物音が聞こえやしたぜ」

「すると、岸崎、小柴、増沢の三人が、そろっているとみていいな」

「だれがいるか、分からねえが、両方の家にひとがいるのは、まちげえねえ」

「そうか」

茂兵衛は、頭上の陽に目をやった。西の空にかたむいている。すでに、三人が高砂橋のたもとで分かれてから一刻ちかく経っている。

「高砂橋のたもとにもどるか」

柳村が待っているはずである。

「へい」

ふたりは、急ぎ足でいったん浜町堀沿いの道に出てから、高砂橋にむかった。橋のたもとで、柳村が待っていた。

「どうだ、増沢たちの居所は知れたか」

すぐに、柳村が訊いた。

「知れやしたぜ」

弥助が、二軒ある借家に岸崎たちが住んでいるらしいことを話した。

「三人、そろっているのか」

「そうみていい」

茂兵衛が言った。

「三人いるとなると、今日、借家を襲うことはできんな」

柳村が、増沢、岸崎、小柴の三人を相手に、茂兵衛とふたりで仕掛けると、返り討ちに遭うことを口にした。

「いずれにしろ、今日は帰るしかないな」

茂兵衛が言った。柳村の言うとおり、ふたりで増沢たちに挑んだら、返り討ちに遭うだろう。それに、岸崎と小柴は、倅夫婦を殺した男だった。松之助にとっては、父母の敵である。松之助に敵を討たせるためにも、岸崎と小柴と闘うときには、松之助を連れてこなければならない。

茂兵衛は、庄右衛門店にむかう道すがら、松之助を同行して父母の敵を討たせたいことと、川澄たち亀沢藩士にも伝え、どうするか相談したいと話した。

「伊丹どのにまかせる」

柳村が歩きながら言った。

4

翌朝、茂兵衛は松之助に、ひとりで空き地に行き、真剣を遣わずに木刀で素振りと打ち込みの稽古をするように言った。そして、ひとりで堀留町の借家にむかった。川澄と会って、岸崎たちをどうするか相談するためである。

川澄は借家にいた。羽織袴姿に着替えて、出かけるところだった。

「何かあったのか」

川澄が座敷から上がり框近くに来て訊いた。

「増沢たちの居所が、知れたのだ」

茂兵衛は土間に立ったまま言った。

「知れたか」

「高砂町の借家にいるらしい」

川澄が、ともかく上がってくれ、と言って、茂兵衛を座敷に上げた。

「高砂町というと、富沢町の隣り町だな」

ふたりは対座すると、

「それが、借家は二軒でな。増沢、岸崎、小柴の三人が、分かれて暮らしているようだ」

「二軒な……」

茂兵衛は、まだ確かめていなかったが、増沢たち三人がいるとみていた。

そうつぶやいて、川澄は虚空を睨むように見すえていたが、

「三人だけでは、ないかもしれん」

と言って、茂兵衛に顔をむけた。

「どういうことだ」

「実は、一昨日、徒組の長塚勝兵衛《ながつかかつべえ》という男が、暮れ六ツ（午後六時）ごろ、藩士

たちの目を逃れるようにして藩邸を出たのだ」

　川澄によると、長塚は雲仙流一門で、国元にいるとき増沢とも交流があったという。それで、川澄や村越が長塚に目を配っていたそうだ。

「村越と林崎が、長塚の跡を尾けたのだ。ところが、村越たちは江戸橋を渡り、さらに入堀にかかる荒布橋《あらめばし》を渡ったところで、長塚を見失ってしまったらしい」

「長塚という男は、高砂町の借家にいる増沢たちのところにむかったのではないか」

　茂兵衛が言った。荒布橋を渡り、さらに東にむかえば高砂町に出られる。

「そうみていいな」

「長塚という男は、藩邸にもどっているのか」

「それが、帰らないらしい」

「すると、長塚も高砂町の借家にいるとみなければならないな」

「いかさま」

「借家にいるのは、四人か」

　茂兵衛が、増沢、岸崎、小柴、それに長塚の名を口にした。四人もいては、柳村とふたりだけではどうにもならない。

「川澄どの、手を貸してもらいたい」

茂兵衛が声をあらためて言った。

「手を貸すも何も、増沢や岸崎たちを討ち取りたいのは、われら藩邸の者も同じだ」

「相手は四人だが、いずれも腕がたつとみなければなるまい」

茂兵衛は、長塚の腕のほどは知らなかったが、増沢、岸崎、小柴は手練である。

「高島さまに話し、藩から六、七人、高砂町にむかわせてもらうつもりだ」

川澄が、村越、林崎、安原の名を口にし、他にも二、三人、目付筋の者をくわえてもらうと話した。

「わしと松之助は、敵として岸崎と小柴を討ちたいが」

茂兵衛が言った。

「伊丹どのは、岸崎たちを討ってくれ」

「すまぬ」

茂兵衛は、松之助とふたりで岸崎と小柴を討てるとは思わなかった。柳村に話して手を借りるつもりだった。

それから、茂兵衛は川澄と明日の手筈を相談したのち腰を上げた。

茂兵衛は長屋にもどると、松之助の姿がなかったので、長屋に置いてあった松之助の遣う刀を手にして空き地に行ってみた。

松之助が、ひとりで木刀を振っていた。いったん長屋にもどって、出直したのだろうが、長時間、空き地で素振りをしていたらしく顔が汗でひかっていた。

茂兵衛が近付くと、松之助が素振りをやめ、「爺さま！」と声を上げて走り寄った。

「松之助、真剣を遣って稽古をするか」

茂兵衛は、明日、岸崎たちと闘うことを想定し、実戦に合わせた動きを確認しておこうと思ったのだ。

「はい！」

松之助が声を上げた。

「これから、岸崎たちと闘うときにどう動くか、実際にやってみる」

茂兵衛はそう言って、手にした刀を松之助に渡した。

松之助は顔をひきしめ、刀を腰に帯びた。松之助も、岸崎たちとの闘いが近いと感じとったようだ。

「まず、岸崎だ」

茂兵衛は、岸崎と小柴のふたりを相手に闘うことはできないとみていた。ひとりひとり討たねばならない。

「わしが、岸崎の正面に立つ。松之助は、岸崎の左手に立て」

そう言って、茂兵衛は刀を抜くと、青眼に構え、岸崎が正面にいると想定して切っ先をむけた。

「わしが切っ先をむけた先に、岸崎がいるとみて、左手にまわれ」

茂兵衛が声をかけると、松之助は想定した岸崎の左手にまわった。

「間が近い。二歩引け！」

茂兵衛は、松之助を、岸崎の切っ先がとどく間合の外に立たせたかった。岸崎が先に松之助に斬り込んだら、松之助は躱すことができない。

松之助はすぐに身を引いた。そして、青眼に構え、見えない敵に対して切っ先をむけた。敵が前に立っていることを想定した稽古は、これまでもやっていたので、松之助の動きは速かった。

茂兵衛は想定した岸崎に対し、切っ先をむけていたが、ヤアッ！　と鋭い気合を発し、真っ向へ斬り込んだ。そして、一歩身を引くと、

「いまだ！」

と、松之助に声をかけた。

「父、母の敵！」

叫びざま、松之助が斬り込んだ。

振り上げざま真っ向へ――。その切っ先が空を切った。

すばやく松之助は、身を引いて大きく間合をとり、ふたたび青眼に構えた。

「松之助、いまの斬り込みを忘れるな」

茂兵衛が声をかけた。

「はい！」

松之助が声高に応えた。

「いま、一手！」

ふたたび、茂兵衛は見えない敵に対して、切っ先をむけた。

それからふたりは、実際に敵討ちを想定した稽古を半刻（一時間）ほどつづけ、松之助の息が上がってくると、

「松之助、これまでだ」

そう声をかけ、茂兵衛は刀を鞘に納めた。

5

翌朝、茂兵衛は朝餉を終えると、松之助にも真剣を持たせて長屋を出た。これから、高砂町にむかうのである。途中、福多屋に立ち寄ると、柳村と富蔵が待っていた。柳村は茂兵衛たちに同行するが、富蔵は茂兵衛たちを見送るためである。弥助の姿はなかった。弥助は先に高砂町へ行き、増沢たちの隠れ家を見張ることになっていたのだ。

戸口まで見送りに出た富蔵は、

「松之助さん、ご武運を祈っております」

と、松之助に声をかけた。涙ぐんでいる。まだ、十歳の松之助が、父母の敵討ち

のために出かけるのだ、富蔵は、松之助が不憫でならなかったのだろう。

茂兵衛たちが高砂橋のたもとまで来ると、六人の武士が待っていた。川澄、村越、林崎、中山、それに新たにくわわった本島福次郎《もとじまふくじろう》と深井四郎太《ふかいしろうた》だった。本島と深井も下目付だという。

「増沢たちは、いるかな」

川澄が茂兵衛に訊いた。

「ともかく行ってみよう」

茂兵衛が先にたった。

茂兵衛たち一行は、すこし間をとって歩いた。そこは町人地だったので、八人もの武士がまとまって歩くと人目を引くのだ。

茂兵衛は、高砂町に入り表通りの酒屋の脇まで来ると、「この先だ」と言って、借家のある路地に入った。いっとき歩くと、茂兵衛は路傍に足をとめ、

「この先の借家だ」

と言って、半町ほど先にある二軒の借家を指差した。

「近くに、弥助がいるはずなのだが」

そう言って、茂兵衛が路地沿いに目をやると、路傍で枝葉を茂らせる椿の陰から弥助が姿をあらわした。

弥助はすぐに茂兵衛のそばに走り寄り、

「増沢たちは、いるようですぜ」

と、小声で言った。

弥助がつづけて話したところによると、小半時（三十分）ほど前、二軒の借家の前を通ったとき、家のなかから男たちの話し声が聞こえたという。

「その後、だれも家から出ていないのだな」

茂兵衛が念を押した。

「ひとりも、出ていやせん」

弥助が言った。

「聞いたとおりだ。まだ、どちらの家にだれがいるかは確かめていないが、四人とも家にいるとみていい」

茂兵衛が、その場にいる男たちに聞こえる声で言った。

「家に踏み込むか」

川澄が訊いた。

「いや、外に連れ出そう」

柳村が路地に目をやって言った。

人通りは、ほとんどなかった。ときおり、物売りや近所の住人らしい子供連れの女などが通りかかるだけである。

「わしらも、外でやりたい」

茂兵衛は、家に踏み込んだのでは、敵の岸崎と小柴を討つのはむずかしいとみていた。それに、狭い家のなかでは、これまで松之助とふたりで稽古をしてきたように敵と対峙することも間合をとることもできない。

「どちらの家にいるか分からないが、わしと松之助は岸崎と小柴を討つつもりだ」

さらに、茂兵衛が言うと、

「おれは、伊丹どのたちに助太刀する」

柳村が言い添えた。

「ならば、われら六人は、増沢と長塚ということになるな」

川澄が、その場にいる村越たち五人に目をやって言った。五人は、無言でうなずいた。どの顔にも、緊張の色があった。これから、真剣での闘いが始まるのである。

「支度しろ」

川澄が声をかけた。すぐに、村越たち五人が襷で両袖を絞り、袴の股立をとった。

「松之助、わしらも支度するぞ」

茂兵衛が声をかけた。

「はい!」

松之助は緊張で顔をこわばらせていたが、用意した細紐で襷をかけ、袴の股立をとった。そして、白布で鉢巻きをした。

茂兵衛は襷をかけて、袴の股立を取っただけである。

「わしと柳村とで、声をかけて、家にいる者を外に連れ出す。それを見て、動いてくれ」

茂兵衛がその場にいた川澄たちに言った。どちらの家にだれがいるか、分からなかったのだ。

茂兵衛と柳村が先にたち、川澄たち六人はすこし間をとり、路傍の物陰に身を隠すようにして進んだ。都合よく、路地には人影がなかった。

茂兵衛が奥の家の前に立ち、柳村は手前の家の戸口に近付いた。川澄たちは家からすこし離れた場所で待機している。

このとき、弥助は路地沿いの樹陰に身を隠していた。逃走した者がいたら、跡を尾けて行き先をつきとめるのである。

茂兵衛は、足音を忍ばせて家の戸口に近付いた。板戸はしまっていたが、家のなかから話し声が聞こえた。くぐもったような声だったので、武士が話していることは知れたが、何を話しているかは聞き取れなかった。

茂兵衛は隣りの家に目をやり、柳村が戸口に立っているのを見てから板戸をあけた。敷居をまたぐと、狭い土間の先に狭い板間があった。板間の先の座敷に、武士がふたり立っていた。

ふたりは、増沢と、もうひとりは初めて見る顔だった。川澄が話していた長塚であろう。増沢は袴の紐を結んでいた。もうひとりの男は、手にした大刀を腰に差すところだった。出かけるための支度をしていたらしい。

6

「伊丹か！」

増沢が茂兵衛を見て声を上げた。

「ふたりとも、表へ出ろ！」

茂兵衛が座敷にいるふたりを見すえて言った。

「おぬし、ひとりで、おれたちふたりとやり合うつもりか」

増沢が、不審そうな顔をした。

「仲間が外にいる。もっとも、隣りの家のふたりを呼び出しにむかったがな」

言いながら、茂兵衛はすこし後ずさった。

「岸崎どのたちがいるのも知っているのか」

増沢が訊いた。

「やはり、隣りの家にいるのは岸崎か」

茂兵衛の踵《かかと》が、戸口の近くまで来ていた。

「よかろう。おれの剣で、貴様の首を刎ねてくれる。……長塚もいっしょに来い」

言いざま、増沢は長刀を腰に帯び、戸口の方へ出てきた。もうひとりの武士は、長塚である。

茂兵衛は外に出ると、素早く身を引いて戸口から離れた。増沢と長塚を外に引き出さねばならない。

茂兵衛が後ろに下がりながら、隣りの家の戸口に目をやると、ちょうど柳村が外に出てきたところだった。まだ、家にいる者がだれか分からない。

さらに、茂兵衛は戸口から離れた。増沢につづいて、長塚も外に出てきた。ふたりとも、袴の股立を取っている。

そのとき、隣りの家の戸口から出てきたふたりの武士の姿が見えた。

……岸崎と小柴だ！

茂兵衛が胸の内で叫んだ。

岸崎と小柴が戸口からすこし離れると、

「川澄どの、頼む！」

と、茂兵衛が叫んだ。

すると、路地沿いの物陰にひそんでいた川澄たち六人が、いっせいに走り出た。いずれも、抜き身を手にしている。

「謀《はか》ったな！」

増沢が声を上げた。

川澄たちが走り寄ると、茂兵衛は隣りの家の戸口に走った。樹陰にいた松之助は、必死の形相で茂兵衛の後ろについてきた。なんとしても、敵の岸崎と小柴を討たねばならない。

柳村はすばやく後ずさり、岸崎と小柴との間合をとった。

茂兵衛が岸崎の前に立つと、松之助は茂兵衛に教えられたとおり、岸崎の左手にまわり込んだ。まず、岸崎を討つのである。

このとき、柳村は小柴の前に立ち、

「おぬしの相手は、おれだ」

と言って、刀を抜いた。

「柳村か」

小柴は、柳村の名を知っていた。以前大川端で、柳村と立ち合ったことがあったのだ。

「小柴、伊丹どのたちが岸崎を討つまで、おれが相手をしてやる」

そう言って、柳村は青眼に構えると、切っ先を小柴にむけた。

「今日こそ、うぬを斬る」

言いざま、小柴は刀身を振り上げて上段に構えた。両拳《りょうこぶし》を頭上にとった大きな構えである。

すかさず、柳村は青眼に構えた切っ先を上げ、小柴の左拳にむけた。上段に対応する構えをとったのだ。

一方、岸崎と対峙した茂兵衛は、

「岸崎、倅夫婦の敵を討つ」

そう言って、岸崎に切っ先をむけた。

「父、母の敵！」

松之助が甲走った声で叫んだ。

「こうなったら、ふたりとも冥土《めいど》に送ってやる」

岸崎は八相に構えた。両腕を高くとり、刀身を垂直に立てている。大きな構えで、上から覆いかぶさってくるような威圧感があった。

だが、茂兵衛はすこしも臆《おく》さなかった。岸崎の構えは、以前闘ったときと同じだったからである。

茂兵衛も柳村と同じように、八相に対応するために青眼に構えた剣尖を上げて岸崎の左の拳につけた。

岸崎の左手に立った松之助は、青眼に構えて切っ先をむけたが、茂兵衛に教えられたとおり、斬撃の間境から二歩ほど下がっていた。岸崎が反転して、松之助に斬り込んでもとどかない間合である。

川澄たちは増沢と長塚に対し、六人でふたりを取り囲むように立っていた。いずれも、抜き身を手にしている。

「増沢、観念しろ！」

川澄は、増沢の正面に立って叫んだ。

「返り討ちにしてくれるわ！」

増沢は、三尺はあろうかという長刀の切っ先を右手にむけ、二の腕あたりの高さにとった。首薙ぎの太刀の構えである。

その増沢の右手に林崎、背後に中山がいた。ふたりは青眼に構えて切っ先を増沢にむけていたが、間合がすこし遠かった。増沢の遣う長刀の切っ先を避けるために、間合をひろくとっているようだ。

「首薙ぎの太刀だな」

川澄は身を引いた。まともに立ち合ったら、首を斬られるとみたのである。

「逃げるか」

増沢の口元に薄笑いが浮いた。

増沢の左手に、長塚が立っていた。首薙ぎの太刀の邪魔にならないように、増沢との間合をひろくとっている。

その長塚と対峙しているのは、村越だった。青眼に構え、切っ先を長塚の目線につけている。

長塚も相青眼に構えていた。それほどの腕ではないらしく、腰が浮き、剣尖がかすかに震えている。

長塚の背後には、新たにくわわった本島がいた。八相に構え、いまにも斬り込んでいく気配を見せている。遣い手らしく腰が据わり、構えに隙がない。

その本島が、先に動いた。足裏を摺るようにして、ジリジリと長塚に近付いていく。

7

茂兵衛と岸崎との間合は、およそ三間——。まだ、一足一刀の斬撃の間境の外である。

このとき、茂兵衛は目の端で、増沢を相手にしている川澄たちをとらえた。増沢は首薙ぎの太刀の構えをとり、川澄は青眼に構えて切っ先を増沢にむけていた。林崎と中山が、増沢の右手と背後にまわり、増沢に切っ先をむけていたが、すこし間合が遠かった。

「いくぞ!」

ふいに増沢は声をかけ、足裏を摺るようにして、前に立った川澄との間合を狭め始めた。

川澄は後ずさった。腰が浮き、刀身がかすかに震えている。

……川澄は、増沢に押されている！

と、茂兵衛はみた。

増沢の遣う首薙ぎの太刀は、思っていたより恐ろしい刀法のようだ。このままやり合えば、川澄は増沢の首薙ぎの太刀で首を斬られるだろう。早く岸崎を討ち、川澄たちの助太刀にくわわるしかない、と茂兵衛は思った。

「いくぞ！」

茂兵衛は、すぐに岸崎に仕掛けた。

青眼に構えたまま岸崎との間合をつめ始めた。

松之助も茂兵衛の動きにつられたように、すこしずつ間合をつめていく。松之助の目がつり上がり、青眼に構えた切っ先が震えていた。

対する岸崎は、動かなかった。八相に構えたまま全身に気勢を込め、気魄で攻めている。

茂兵衛と岸崎の間が狭まるにつれ、ふたりの全身に斬撃の気が高まってきた。

ふいに、茂兵衛は寄り身をとめた。一足一刀の斬撃の間境の一歩手前である。茂兵衛は、このまま斬撃の間境を越えると、

……岸崎の八相からの太刀を躱せない！

と、みたのだ。

茂兵衛は全身に斬撃の気配を漲らせ、

タアッ！

と、鋭い気合を発し、半歩踏み込みざま、つッ、と切っ先を前に伸ばした。斬り込みと見せた誘いである。

次の瞬間、岸崎の全身に斬撃の気がはしった。誘いに乗ったのである。

イヤアッ！

岸崎が裂帛の気合を発し、踏み込みざま斬り込んだ。

八相から袈裟へ——。

一瞬の斬撃だった。

だが、茂兵衛はこの太刀筋を読んでいた。刀を振り上げ、岸崎の斬撃を正面で受けた。甲高い金属音がひびき、ふたりの刀身がふたりの鼻先で合致したままとまっ

た。ふたりは、刀身を押し合った。鍔《つば》迫《ぜ》り合いである。

「いまだ、松之助！」

茂兵衛は、岸崎の動きをとめるために鍔迫り合いに持ち込んだのだ。

その声に弾《はじ》かれたように、松之助が踏み込み、ヤアッ！　と甲走った気合を発して斬り込んだ。

ザクリ、と岸崎の小袖が、左の肩から背にかけて裂けた。

「おのれ、小童《こわっぱ》！」

岸崎は叫びざま、後ずさった。

茂兵衛との鍔迫り合いから逃れたのである。岸崎の小袖が裂けて、露《あらわ》になった肌に血の線がはしり、血が流れ出た。だが、深手ではなかった。浅く皮肉を裂かれただけである。

「松之助、引け！」

茂兵衛は松之助が身を引くのと同時に、岸崎との間をつめた。岸崎が松之助に斬り込むために体をむけたら、斬撃をあびせるつもりだった。

岸崎は素早い動きで後ずさり、

「伊丹！　勝負、あずけた」

と叫び、反転してその場から逃げた。

「逃げるか、岸崎！」

茂兵衛は岸崎を追おうとしたが、すぐに足がとまった。

そのとき、川澄の呻き声が聞こえのだ。

茂兵衛は川澄に目をやった。

川澄は、手にした刀を下げたまま後ろによろめいた。左袖が横に裂け、露になった肩先が血に染まっている。

川澄は、増沢の遣う首薙ぎの太刀で、首ではなく左の肩先を斬られたのだ。

……このままでは、川澄が斬られる！

とみた茂兵衛は、

「松之助、そこにいろ！」

と叫びざま、川澄の脇に走り寄った。いまは岸崎を追うより、川澄を助けなければ、と思ったのだ。それに、茂兵衛が岸崎を追っても追いつかないだろう。

「増沢、わしが相手だ」

茂兵衛は青眼に構え、切っ先を増沢にむけた。

「老いぼれめ、貴様のそっ首、斬り落としてくれる」

叫びざま、増沢は長刀の切っ先を右手にむけ、首薙ぎの太刀の構えをとった。

このとき、茂兵衛と増沢との間合は、三間ほどあった。増沢の遣う長刀でも、まだ切っ先のとどかない遠間である。

増沢の背後に、林崎と中山がいた。林崎は増沢の切っ先をあびたらしく、肩から胸にかけて小袖が裂け、露になった胸に血の色があった。ただ、浅手らしく、出血はわずかである。

ふたりは、増沢から大きく間合をとっていた。首薙ぎの太刀の斬撃を恐れているようだ。

茂兵衛は増沢と対峙したまま、

「増沢、立ち合う前に訊いておきたいことがある」

と、声をあらためて言った。

「なんだ」

「おぬしほどの腕がありながら、なぜ辻斬りなどして、町人から金を奪った」

茂兵衛は、以前から胸の内にあった疑問を訊いた。

「おれは私利私欲のために、町人を斬ったのではない」

増沢が声高に言った。

「では、なぜだ」

「雲仙流を江戸でひろめるためだ」

「雲仙流をひろめるのに、金がいるのか」

「道場を建てるための金だ」

「そのような金で建てた道場に、門弟が集まるわけがない」

茂兵衛は、「増沢、こい!」と強い口調で言って、青眼に構えた剣尖を増沢の左拳につけた。八相や上段に対応する構えだが、増沢の遣う首薙ぎの太刀にも威力があるはずだ。

増沢の顔に、驚きの色が浮いた。茂兵衛を年寄りとみて侮っていたらしいが、茂兵衛の構えには隙がなく、しかも首薙ぎの太刀を封じるような威圧があったからだろう。

「おぬし、できるな」

増沢が茂兵衛を見すえて言った。双眸に刺すようなひかりが宿っている。剣客らしい鋭い目である。

8

茂兵衛と増沢は、三間ほどの間合を取って対峙していた。

増沢に切っ先をむけていた林崎と中山も、動きをとめていた。息をつめて、茂兵衛と増沢を見つめている。

茂兵衛と増沢は、無言だった。気合も発せず、剣尖を動かして敵を牽制《けんせい》することもなく、全身に気勢を漲らせて、気魄で敵を攻めている。

……まだ、増沢の切っ先はとどかぬ。

茂兵衛は、増沢との間合を読んだ。長刀の間合の外にいれば、首薙ぎの太刀も、恐れることはなかった。

増沢は遠間で対峙していることに焦《じ》れてきたらしく、

「行くぞ！」

と声をかけ、足裏を摺るようにして茂兵衛との間合を狭め始めた。

茂兵衛は、増沢の長刀の切っ先がとどく間合に近付くと、スッと身を引いた。すると、増沢は一歩大きく踏み込み、首薙ぎの太刀をふるえる間合に踏み込もうとした。その一瞬、増沢の体重が前足にかかった。

刹那、茂兵衛の全身に斬撃の気がはしった。

タアッ！

鋭い気合を発し、踏み込みざま突き込むように茂兵衛が、増沢の籠手を狙って斬り込んだ。神速の斬撃である。

次の瞬間、増沢が、キエエッ！　と甲走った気合を発し、長刀を横に払おうとした。

だが、茂兵衛の斬り込みの方が速かった。

茂兵衛の切っ先が、増沢の左の二の腕を斬り裂いた。増沢が咄嗟《とっさ》に左腕を引いたため、腕を斬り落とされずに済んだが、傷は深かった。

増沢は一歩身を引き、ふたたび切っ先を横にむけ、首薙ぎの太刀の構えをとろうとした。だが、長刀が揺れ、構えがくずれていた。左腕を斬られたために両肩に力が入って、体が硬くなっているのだ。

「増沢、刀を引け！　勝負あったぞ」

茂兵衛が青眼に構えたまま声をかけた。

「まだだ！」

増沢は一歩踏み込み、甲走った気合とともに長刀を横に払った。首薙ぎの太刀だが、速さも鋭さもなかった。

茂兵衛は増沢の切っ先の伸びを見切り、一歩身を引いた。刹那、長刀の切っ先が、茂兵衛の胸のあたりをかすめて横に流れた。

間髪を容れず、茂兵衛は鋭い気合とともに、踏み込みざま真っ向に斬り込んだ。

一瞬の太刀捌きである。

にぶい骨音がし、増沢の眉間《みけん》から鼻筋にかけて血の線がはしった。次の瞬間、赤くひらいた傷口から血と脳漿《のうしょう》が飛び散った。茂兵衛の一撃は、増沢の頭蓋《ずがい》まで斬り割ったのである。

増沢は悲鳴も呻き声も上げなかった。腰から崩れるように、その場に転倒した。四肢がかすかに痙攣していたが、俯《うつぶ》せに倒れたまま動かなかった。茂兵衛と増沢の凄絶《せいぜつ》な斬り合いに、林崎と中山は声を失っている。

茂兵衛は血刀を引っ提げたまま、柳村と小柴に目をやった。小柴の小袖の肩先が裂け、かすかに血の色があったが、浅手らしかった。

そのとき、小柴が青眼に構えたまま後ずさりし始めた。増沢が茂兵衛に斬られたのを目にしたらしい。

小柴は柳村との間合があくと、

「柳村、勝負はあずけた！」

と叫びざま、いきなり、手にした刀を柳村にむかって投げ付けた。

咄嗟に、柳村は己の刀で小柴の刀を払い落としたが、足がとまった。この一瞬の隙を小柴はとらえ、反転して疾走した。

「待て！」

柳村は小柴の後を追ったが、いっときすると諦《あきら》めて足をとめた。必死に逃げる小柴との間合は、ひらくばかりだったのだ。

村越と長塚との闘いも終わっていた。長塚は村越の斬撃をあびたらしく、血塗《ちまみ》れになって地面に横たわっていた。

柳村は茂兵衛たちのそばに来ると、

「小柴に、逃げられたよ」

と、残念そうな顔をして言った。

「わしらも、岸崎に逃げられた」

茂兵衛は傍らに立っている松之助に目をやった。

松之助は目を剝いて身を震わせていた。岸崎との真剣勝負につづいて、茂兵衛と増沢の闘いを目の当たりにし、その壮絶さに圧倒されたらしい。

茂兵衛と柳村のやり取りを耳にした川澄が、

「伊丹どのや柳村どののお蔭で、増沢を討つことができた」

と言って、ほっとした顔をした。

川澄や村越たちは、辻斬りをして町人から大金を奪い、江戸の巷《ちまた》を騒がせていた増沢を討つことができたのだ。それに、先に笹野も仕留めていたので、これで此度の騒動は亀沢藩の手で始末がついたこととなり、ほっとしたのだろう。

「だが、岸崎と小柴には、また逃げられた」

柳村が言った。

「これで、われらも手を引くわけではない。全力を挙げて、岸崎と小柴の行方をつきとめるつもりだ」

川澄が言うと、その場にいた村越たちがうなずいた。

「いや、岸崎と小柴に逃げられたわけではないぞ」

茂兵衛が言った。

すると、川澄たちの目がいっせいに茂兵衛に集まった。

「こんなこともあろうかと思ってな。弥助に、岸崎と小柴が逃げたら跡を尾けるよう頼んでおいたのだ」

そう言って、茂兵衛は路地沿いの樹陰に目をやった。

弥助の姿はなかった。いまごろ、弥助は岸崎と小柴の跡を尾けているはずである。

# 第六章　逃走

## 1

弥助は路地沿いの樹陰に身を隠し、茂兵衛たちが増沢や岸崎たちと闘っているのを気を揉みながら見ていた。

岸崎が茂兵衛との闘いのなかで、茂兵衛の一瞬の隙をついて逃げ出したとき、弥助は、「野郎、また逃げやがった」と胸の内でつぶやき、岸崎が通り過ぎるのを待って、跡を尾け始めた。

弥助は巧みに路地沿いの物陰に身を隠しながら、岸崎の跡を尾けた。そして、借家から一町ほど離れたとき、弥助は何気なく後ろを振り返り、こちらに走ってくる小柴の姿を目にした。

咄嗟に、弥助は通行人を装って路地沿いにあった八百屋に飛び込んだ。小柴をやり過ごそうとしたのである。

「いらっしゃい」

店の親爺が、揉み手をしながら近付いてきた。

「いい茄子《なす》だな」

弥助は、台の上に置かれていた茄子を手にした。

「安く、しときやすよ」

親爺は顔に笑みを浮かべた。

「こっちの大根《だいこ》も、いいじゃァねえか」

弥助は大根を手にしながら、それとなく背後に目をやった。小柴が、足早に近付いてくる。

「大根にしやすか」

親爺の顔から、愛想笑いが消えている。この客は、茄子も大根も買う気がないとみてとったようだ。

弥助は大根を手にしながら、小柴が通り過ぎるのを待ち、

「またにするよ」

と言って、大根を並べられていた台にもどした。

弥助が踵を返して、店先から出ると、

「なんでえ、冷やかしか。やな野郎だぜ」

という親爺の声が聞こえた。

弥助は、小柴が岸崎といっしょになって遠ざかるのを待ってから跡を尾け始めた。

小柴は、弥助が岸崎の跡を尾けていることに気付かなかったようだ。

岸崎と小柴は、足早に歩いていく。ふたりは時々背後を振り返って、跡を尾けてくる者はいないか確かめているようだった。

弥助は路傍の家の脇や樹陰に身を隠しながら、岸崎たちの跡を尾けた。

岸崎たちは細い路地を抜けて表通りに出ると、浜町堀の方へ足をむけた。表通りは行き交うひとの姿が多かった。

弥助は、岸崎たちとの間をつめた。岸崎たちの姿が、通行人に紛れて見えにくくなったからだ。それに、岸崎たちは振り返って背後を見なくなった。尾行者はいないと思ったのだろう。

岸崎たちは、表通りから浜町堀沿いの道に出た。そして、北にむかった。ふたりは足早に歩いていく。

……どこまで行く気だい。

弥助は、通行人を装ってふたりの跡を尾けた。

前を行くふたりは、浜町堀がとぎれた後も北に歩き、柳原通りに出ると、左手に足をむけた。

弥助はさらに岸崎たちとの間をつめた。柳原通りは賑わっていて、人込みにまぎれて岸崎たちの姿を見失う恐れがあったのだ。

岸崎たちは、神田川にかかる和泉橋のたもとを過ぎ、さらに西にむかって歩いてから左手の通りに入った。その通りの先には、小柳町がある。

……前に住んでいた借家かもしれねえ。

と、弥助は思った。岸崎たちが歩いている道は、以前岸崎と小柴が住んでいた借家に通じている。

弥助が思ったとおり、岸崎と小柴は、借家のある路地に入った。弥助は前を行く岸崎たちから、すこし間をとった。その路地は人通りがすくなく、弥助の姿が目にとまる恐れがあったのだ。

路地沿いに、借家が三軒つづいていた。岸崎たちは、以前自分たちが住んでいた一番手前の借家の前に足をとめた。

……やっぱり、ここか。

弥助が胸の内でつぶやいた。

岸崎たちは家の戸口の前に立ち、路地の左右に目をやってから板戸をあけてなかに入った。

弥助は通行人を装って、借家に近付いた。そして、戸口の前まで来ると、草履《ぞうり》をなおすふりをしてその場にかがみ、聞き耳をたてた。

家のなかから、ふたりの話し声が聞こえてきた。

……小柴、傷はどうだ。

岸崎の声が聞こえた。

……掠《かす》り傷だ。

……それにしても、あれだけ大勢で踏み込んでくるとはな。

……増沢どのも、斬られたようだぞ。

……首薙ぎの太刀も敗れたか。

岸崎の声には、無念そうなひびきがあった。
そこで、ふたりの話し声がとぎれ、いっとき間を置いてから、
……ここにも、長くはいられんぞ。川澄たちが、探しに来るかもしれん。
と、岸崎が言った。
……他に、隠れ家を探さねばならんな。
……簡単に、借家はみつからんぞ。
……それにしても、借家暮らしはもうたくさんだ。
小柴の声に、うんざりしたようなひびきがあった。
……江戸から離れるのも手だな。
岸崎が声を低くして言った。
……どこか、あてはあるのか。
……ないことは、ないが……。いずれにしろ、ここはすぐにも離れねばなるまい。
岸崎の声につづいて、立ち上がる気配がした。
そこで、ふたりのやり取りがとぎれ、座敷で着替えでもしているような物音がした。

弥助は立ち上がり、戸口から足早に離れた。ふたりの話は終わったようだし、いつまでも戸口にかがんでいて、通行人に騒がれでもしたら岸崎たちに気付かれる。

弥助は来た道を引き返した。このまま、庄右衛門店に行くつもりだった。茂兵衛たちに、岸崎と小柴が小柳町の借家にもどったことを話さねばならない。

2

庄右衛門店の茂兵衛の家には、五人の男の姿があった。茂兵衛、松之助、柳村、それに川澄と村越である。柳村や川澄たちは、岸崎たちの跡を尾けた弥助がもどるのを待っていたのだ。

川澄の左肩が血に染まっていたが、深手ではないらしく左腕を動かしている。

そのとき、戸口に近寄る足音がした。

「だれか、来たようだ」

茂兵衛が言った。

足音は腰高障子の前でとまり、

「伊丹の旦那、いやすか」

という弥助の声がした。

「いるぞ。入ってくれ」

茂兵衛が声をかけると、すぐに腰高障子があいて弥助が顔を出した。

「弥助、待っていたぞ」

茂兵衛が声をかけた。

弥助は土間に入ると、立ったまま、

「岸崎と小柴の逃げた先をつかみやしたぜ」

と、座敷にいる茂兵衛たちに目をやって言った。

「どこだ」

茂兵衛が身を乗り出して訊いた。

「小柳町の借家でさァ」

「以前、岸崎たちが住んでいた借家も、小柳町だったな」

茂兵衛が言うと、座敷にいた柳村たちがうなずいた。

「その借家に、ふたりは逃げ込んだんでさァ」

「ふたりには、そこしか行き場がなかったのかもしれん。いずれにしろ、ふたりの居所が知れたのだ」

茂兵衛の顔に、ほっとした表情が浮いた。

「すぐに、岸崎たちを討った方がいいぞ」

柳村が言った。

「われらも、助太刀する」

川澄が言うと、村越もうなずいた。

「すぐにも、岸崎たちを討つつもりだ」

「それで、いつ、小柳町にむかう」

柳村が訊いた。

すると、弥助が土間から茂兵衛に目をむけ、

「明日にも、小柳町にむかった方がいいですぜ」

そう言って、岸崎と小柴が、すぐにも小柳町の借家から出ると話していたことを言い添えた。

「そういうことなら、明日にも小柳町にむかう」

茂兵衛が、傍らに座している松之助に目をやって言った。

茂兵衛の脇で大人たちの会話を黙って聞いていた松之助が、表情をひきしめてうなずいた。

茂兵衛たちはその場で相談し、明日の早朝、和泉橋のたもとに集まって小柳町にむかうことを決めた。

茂兵衛は柳村や川澄たちを送り出し、松之助とふたりだけになると、

「松之助、今夜は早く寝よう。明日は、早いからな」

と、声をかけた。

「爺さまといっしょに寝ます」

松之助が、茂兵衛の顔を見上げて言った。その顔に明日の敵討ちを思って緊張した表情があったが、あどけなさもあった。まだ、子供なのである。

翌朝、茂兵衛と松之助は、暗いうちに起きた。そして、昨夕、おときに頼んで炊いてもらったためしを、ふたりで湯漬けにして食った。

「松之助、支度をするぞ」

茂兵衛が声をかけた。支度といっても、身支度はいつもと変わりない。ただ、襷

や鉢巻きを用意し、刀の目釘《めくぎ》を確かめるだけである。

　ふたりが支度して戸口から出ると、おときの家の腰高障子があき、おときが姿を見せた。昨夕、おときにめしを炊いてもらったときに、明朝、敵討ちにむかうことを茂兵衛が話したので、様子を見に出てきたらしい。

「出かけるんですか」

　おときが心配そうな顔で訊いた。

「そうだ」

「松之助さん、気をつけるんですよ。……こんなちいさな子が、敵討ちだなんて」

　おときが、涙声で言った。

　おときは、松之助が父母の敵を討つために国元から江戸に出てきたことを知っていたし、前に、長屋の近くで敵と闘ったことも聞いていた。それでも、いざ敵討ちに出かけるとなると、松之助が不憫でならなかったのだろう。

「おとき、心配するな。今日は、助太刀が三人もいるのだ」

　茂兵衛はそう言い残し、松之助とふたりで路地木戸の方へむかった。

　おときは、家の戸口に立って茂兵衛と松之助を見送った。

茂兵衛と松之助が福多屋の近くまで来ると、店先で待っていた柳村と弥助が近寄ってきた。

「度々、すまんな」

「気にするな」

茂兵衛と柳村のやり取りはそれだけだった。

茂兵衛たち四人は、まだ暗い大川端の道を川下にむかって歩いた。神田川にかかる浅草橋を渡り、両国広小路を経て柳原通りに出ると西に足をむけた。

いっとき歩くと、明るくなった空に、神田川にかかる和泉橋がくっきりと浮かび上がったように見えた。

「川澄さまたちが来てやすぜ」

弥助が和泉橋のたもとを指差して言った。

神田川の岸際に、川澄と村越の姿があった。茂兵衛たちを待っていたらしい。ふたりは、茂兵衛たちの姿を見ると、足早に近寄ってきた。

「待たせたか」

茂兵衛が訊いた。

「いや、われらも来たばかりだ」

川澄がそう言い、茂兵衛たちといっしょに歩きだした。

茂兵衛たちが小柳町に入ると、通りにはぽつぽつと人影があった。朝の早い出職《でしょく》の職人やぼてふりなどが仕事にむかうようだ。

茂兵衛たちは、見覚えのある八百屋の角を左手にまがった。その路地の先に、岸崎と小柴のいる借家がある。

路地に入って二町ほど歩くと、路地沿いの借家が三軒並んでいるのが見えた。岸崎と小柴がいるのは、手前の家である。

茂兵衛たちは借家まで半町ほどのところで、路傍に足をとめた。

「いるかな」

茂兵衛が言った。

「あっしが、様子を見てきやす。旦那たちは、支度してくだせえ」

そう言い残し、弥助が足早に借家にむかった。

「わしらは、ここで支度をしよう」

茂兵衛たちは路傍に立って、闘いの支度を始めた。支度といっても、簡単である。

茂兵衛たちは袴の股立をとり、襷で両袖を絞っただけである。松之助だけが、白鉢巻きをした。

3

弥助は手前の借家の戸口に身を寄せていたが、すぐに踵を返し、茂兵衛たちのいる場にもどってきた。

「岸崎たちはいるか」

すぐに、茂兵衛が訊いた。

「いやす。なかで、話し声が聞こえやした」

「岸崎と小柴は、家にいるということだな」

茂兵衛が念を押した。

「へい」

「行こう」

茂兵衛がその場にいた柳村、川澄、村越の三人に声をかけた。

茂兵衛は自分の脇に身を寄せて歩いている松之助に、

「先に立ち合うのは、岸崎か小柴か分からんが、わしのそばから離れるな」

と声をかけた。その場の状況によって、先にどちらかを討つことなる。

「はい！」

松之助が顔をひきしめて応えた。

路地には朝陽が差していたが、人影はなかった。人声も聞こえず、妙に静まり返っている。

茂兵衛たちが岸崎たちの住む借家の近くまで来たときだった。ふいに、戸口の板戸があいて、人影が出てきた。

岸崎だった。小袖にたっつけ袴で大小を帯び、草鞋《わらじ》履きだった。手に網代笠《あじろがさ》を持っている。どこかへ出かけるところらしい。

岸崎が、近付いてくる茂兵衛たちを目にとめた。

「小柴、敵だ！」

岸崎は戸口にむかって叫んだ。そして、茂兵衛たちに背をむけると、いきなり走りだした。

「岸崎が、逃げた！」

茂兵衛も、走りだした。

松之助、柳村、川澄、村越の四人が、茂兵衛の後を追った。

茂兵衛たちが借家の前まで来たとき、戸口から小柴が姿を見せた。小柴も、岸崎と同じような身支度だった。

小柴は茂兵衛たちの姿を目にすると、一瞬、家のなかにもどるような動きを見せたが、走って逃げようとした。茂兵衛たちの脇をすり抜けて、岸崎の後を追おうとしたようだ。

「逃がさぬ！」

茂兵衛が小柴の前に立ち塞がった。

すると、小柴の逃げ道を塞ぐように、川澄が小柴の背後にまわり込んだ。

「松之助、左手にまわり込め！」

茂兵衛が指示した。

すぐに、松之助は小柴の左手にまわり込み、刀の柄を右手で握った。

右手は丈の高い雑草に覆われていた。踏み込むと、足を取られるだろう。

茂兵衛たちが小柴を取り囲む間に、柳村と村越が逃げる岸崎の後を追った。何とか岸崎の足をとめ、茂兵衛たちが小柴を討って駆け付けるのを待つのである。

「小柴、逃がさぬぞ」

茂兵衛は抜刀して、切っ先を小柴にむけた。

「おのれ！」

小柴も刀を抜いた。

そして、刀を振り上げて上段に構えた。両拳を頭上にとり、刀身を立てた大きな構えだった。上段の構えを得意としているらしい。小柴は柳村と立ち合ったときも同じ構えをとったのだ。

茂兵衛はすぐに、青眼に構えた切っ先をすこし上げ、小柴の左拳につけた。上段に対応する構えである。

小柴の左手にまわり込んだ松之助は青眼に構え、切っ先を小柴にむけた。ただ、茂兵衛に教えられたとおり、間合をひろくとっていた。小柴に斬り込むのは、茂兵衛の指示があってからである。

背後にまわった川澄も、青眼に構えていた。切っ先を、小柴の後頭部あたりにむけている。川澄と小柴の間合も、三間余があった。茂兵衛と小柴の動きに応じて間合をつめ、隙をみて斬り込むつもりなのだ。

茂兵衛はおよそ三間の間合をとって、小柴と対峙していたが、

「いくぞ!」

と声をかけ、先《せん》をとった。

茂兵衛は青眼に構えたまま摺り足で小柴との間合をつめていく。

小柴は後ずさったが、すぐに足がとまった。背後にいる川澄との間合が狭まり、それ以上下がれなくなったのだ。

茂兵衛と小柴との間合が、一足一刀の斬撃の間境に迫ってきた。

……あと、一歩!

茂兵衛が斬撃の間境まで一歩とみたとき、ふいに、小柴の全身に斬撃の気がはしった。

タリヤッ!

甲走った気合を発し、小柴が斬り込んできた。

上段から真っ向へ——。

咄嗟に、茂兵衛は右手に体を寄せざま、刀身を横に払った。

小柴の切っ先が、茂兵衛の肩先をかすめて空を切り、茂兵衛の切っ先は小柴の左袖を切り裂いた。

次の瞬間、ふたりは大きく後ろに跳んで間合をとった。

小柴の露になった左の二の腕が、血に染まっている。だが、浅手だった。皮肉を浅く裂かれただけである。

松之助は小柴の左腕の血を見ると、踏み込んで、小柴に斬りつけようとした。目がつり上がり、手にした刀が震えている。

「松之助、まだだ！」

茂兵衛が制した。

いま、踏み込んだら、小柴に斬られる、と茂兵衛はみたのだ。

茂兵衛の声で、松之助は慌てて身を引いた。

一方、小柴の後ろにいた川澄は一歩踏み込み、小柴との間合をつめていた。小柴の動きに応じて、斬り込むつもりらしい。

## 4

小柴は茂兵衛と対峙すると、ふたたび上段にとった。大きな構えだが、刀身が小刻みに震えていた。構えもくずれている。茂兵衛に左腕を斬られたことで、左肩に力が入り過ぎているのだ。

茂兵衛は青眼に構え、剣尖を小柴の左拳につけると、

「いくぞ!」

と声をかけ、ジリジリと間合をつめ始めた。

茂兵衛は小柴の構えを見て、勝てると踏んで先に仕掛けたのだ。

と、小柴も動いた。高い上段に構えたまま、足裏を摺るようにして間合を狭めてきた。

ふたりの間合が一気に狭まり、斬撃の気が高まってきた。

斬撃の間境まで、あと一歩――。

そのとき、ふたりの寄り身がとまった。ふたりとも、斬撃の間境に踏み込む前に

敵の気を乱し、構えをくずそうとしたのだ。

茂兵衛は全身に斬撃の気配を見せ、気魄で小柴を攻めた。気攻めである。

茂兵衛の気魄に圧されて、小柴の上段に構えた刀身がかすかに揺れた。

イヤアッ！

突如、小柴が裂帛の気合を発した。気合で、茂兵衛の気を乱そうとしたのだ。

だが、上段に構えたまま大きな気合を発したため、小柴の体が揺れ、構えがくずれた。この一瞬の隙を、茂兵衛がとらえた。

タアッ！

鋭い気合を発し、茂兵衛が斬り込んだ。神速の太刀捌きである。

青眼から袈裟へ――。

一瞬、小柴は身を引いたが、間にあわなかった。

茂兵衛の切っ先が、上段にかぶった小柴の左の前腕をとらえた。

ダラリ、と小柴の二の腕が垂れ、血が噴いた。骨まで截断したらしい。小柴は刀を取り落とし、呻き声を上げて後ずさった。

「松之助！　いまだ」

茂兵衛が叫んだ。

その声に弾かれたように、松之助が、

「父、母の敵!」

と、叫んで斬り込んだ。

刀を振り上げざま、真っ向へ——。

その太刀筋が、わずかにまがった。松之助の力みで、右腕に力が入り過ぎたのだ。松之助の切っ先が真っ向ではなく、小柴の肩から胸にかけて縦に斬り裂いた。

小柴の肩先から血が飛び散った。

小柴は血を撒きながらよろめいたが、足がとまると、その場にへたり込んだ。肩口からの出血が激しかった。小柴の上半身を真っ赤に染めていく。

松之助は小柴の脇につっ立ったまま目を剝き、ハアハアと荒い息を洩らした。全身が顫えている。

茂兵衛は松之助の脇に身を寄せ、

「松之助、見事、敵のひとりを討ったな」

と声をかけ、松之助の肩に腕をまわして抱き寄せた。

松之助は茂兵衛の腕のなかで、「爺さまのお蔭です」と声を震わせて言った。そこへ、川澄も近付いてきた。

茂兵衛は膝を折り、小柴の顔に己の顔を近付け、生きているのを確かめてから、

「小柴、訊いておきたいことがある」

と、声をかけた。

小柴は茂兵衛に顔をむけたが、無言だった。苦しげな喘ぎ声を洩らしている。長くは保たないだろう。

「わしの倅夫婦を斬ったのは、どういうわけだ」

茂兵衛は、岸崎と小柴が国元で倅夫婦を斬った理由をまだ知らなかった。倅の恭之助は勘定奉行であり、岸崎は普請方で小柴は徒士であった。役柄上の確執ではないはずだ。それに、倅の恭之助は、剣術道場に通ったことがないので、雲仙流と他の流派の対立でもない。

「し、知らぬ」

小柴が苦しげに顔をゆがめて言った。

「殺す理由も知らずに、倅夫婦を襲ったのか」

茂兵衛が語気を強めた。

「兄弟子の岸崎どのに、手を貸せと言われて……」

小柴の息が荒くなっていた。

「理由も訊かずに、岸崎に手を貸したのか」

さらに、茂兵衛が訊いた。

「ほとぼりが醒《さ》めたころ、国元にもどれば、徒士頭《がしら》になれると言われたのだ」

「徒士頭だと」

「そ、そうだ」

小柴の顫えが激しくなってきた。視線が揺れている。

「だれに、徒士頭になれると、言われたのだ」

茂兵衛が、小柴に顔を近付けて訊いた。徒士頭になれると小柴に話した男が、黒幕ではあるまいか。

「く、国元の……」

小柴が、声をつまらせた。

「国元のだれだ」

「…………」

小柴は何か言おうとして口を動かしたが、声にならなかった。そのとき、小柴がグッと喉のつまったような呻き声を上げ、上半身を反らした。次の瞬間、小柴の体から力が抜け、首が垂れた。死んだようだ。

「もうすこしで、聞き出せたのに」

茂兵衛が残念そうな顔をした。

それから、小半刻（三十分）ほどしたとき、柳村と村越がもどってきた。ふたりは、肩を落としていた。

「どうした」

茂兵衛が柳村に訊いた。

「逃げられた」

柳村が渋い顔をして言った。

柳村と村越によると、人通りの多い柳原通りに入ってから岸崎の姿を見失ったという。

「村越どのとふたりで、岸崎を探したのだがな。見つけられなかった」

柳村につづいて、村越が、

「岸崎は通りを西へむかったので、中山道に出たはずです。街道を日本橋の方へむかったとみますが、確かではありません」

と、言い添えた。

「どうだ、借家のなかを探ってみるか。行き先の知れる物が残っているかもしれん」

茂兵衛が男たちに目をやって言った。

「その前に、こいつを片付けてからだな」

柳村が、横たわっている小柴に目をやって言った。

茂兵衛たちは小柴の死体を借家の脇まで運んでから、表戸をあけて借家のなかに入った。土間の先の座敷は人気《ひとけ》がなく、がらんとしていた。

「長持《ながもち》がある」

川澄が指差した。

座敷の隅に長持が置いてあった。茂兵衛たちは座敷に上がり、長持をあけてみたが、古い衣類が残されていただけである。

「奥にも座敷があるようだ」

柳村が言った。

「行ってみるか」

茂兵衛たちは、奥の座敷にむかった。そこは寝間に使われていたらしいが、古い夜具があっただけで、岸崎の行き先を示すような物は何もなかった。

茂兵衛たちは諦めて、借家の外に出た。

「岸崎は、どこへ逃げたのか」

岸崎が江戸から出ると、探すのはむずかしい、と茂兵衛は思った。

「藩士のなかに、岸崎と接触する者がいるかもしれん。岸崎のことで、何か知れたら知らせに行く」

川澄が言った。

「頼む」

茂兵衛は、岸崎の行き先がどこであれ、江戸詰めの藩士と会うことがあるのではないかと思った。

「これは、智次郎さんからいただいた礼金です」

富蔵が懐から袱紗《ふくさ》包みを取り出した。富蔵が手にした袱紗包みの膨らみ具合からみて、切餅《きりもち》が二百両分包んでありそうだった。切餅ひとつが二十五両なので、八つということになる。

5

茂兵衛たちが増沢を討ち取った後、富蔵は太田屋に出向いて智次郎と会い、あるじの長兵衛と手代の利之助を殺した増沢と笹野を討ったことを話したという。その際、智次郎から、約束の礼金二百両を受け取ったそうだ。

「どう分けますかね」

富蔵が茂兵衛と柳村に目をやって訊いた。

そこは、福多屋の奥座敷だった。来ていたのは、茂兵衛と柳村である。

「此度の件は、弥助にも同じように渡したいな」

増沢と笹野を討つことができたのは、弥助の働きも大きかった、と茂兵衛はみていた。

「そうだな」

柳村も承知した。

「どうだ、富蔵もわしらと同じにして、四人で等分したら」

茂兵衛は、松之助が福多屋で世話になったことを思い出したのだ。それに四等分すれば、ひとり頭、五十両ずつでうまく分けられる。

柳村も異論はないらしく、すぐにうなずいた。

「てまえも、五十両いただけるんですか」

富蔵は揉み手をしながら、目を糸のように細めた。

「では、お分けしますよ」

富蔵は袱紗包みをひらくと、切餅をふたつずつ茂兵衛と柳村の膝先に置いた後、

「弥助には、手前から渡しておきます」

そう言って、残りの切餅を袱紗に包みなおして懐に入れた。

「これで、太田屋の依頼は、片がついたわけだな」

茂兵衛が言った。

「お茶でも淹れましょうかね」

　富蔵が立ち上がろうとすると、戸口から入ってくる足音がした。

　茂兵衛が振り返った。松之助である。帳場の方へ、顔をむけている。何か用があって、来たらしい。

「どうした、松之助」

　茂兵衛が訊いた。

「川澄さまたちが、来ておられます」

　松之助が声高に言った。

「長屋にか」

「はい、三人です」

「すぐ、行く」

　茂兵衛は立ち上がった。ふたりは川澄と村越だろう、と思ったが、もうひとりはだれか見当がつかなかった。

　柳村が戸惑うような顔をして、

「おれは、どうするかな」

と、小声で言った。

「柳村も来てくれ」

川澄たちは、姿を消した岸崎のことで長屋に来たのではないか、と茂兵衛は思った。今後も、柳村には手を貸してもらうことになるので、いっしょに話を聞いてもらいたかったのだ。

茂兵衛たち三人は福多屋を出ると、庄右衛門店にむかった。

長屋の茂兵衛の家の土間に、三人の男が立っていた。川澄と村越、もうひとりは初めて見る顔だった。二十代半ばと思われる浅黒い顔をした武士である。

「ともかく、上がってくれ」

茂兵衛は、川澄たち三人を座敷に上げた。

川澄たちにつづいて茂兵衛、松之助、柳村の三人が座敷に腰を下ろすと、

「それがしと同じ先手組の峰田《みねた》藤五郎《とうごろう》だ」

川澄が、同行したひとりを紹介した。

「峰田です。伊丹どののことは、川澄どのから聞いております」

峰田があらためて名乗った。

茂兵衛は名乗った後、柳村と松之助を紹介した。

お互いの紹介が終わると、川澄が、

「実は、峰田が岸崎の姿を見かけたのだ」

と、声をあらためて切り出した。

「どこで、見かけた」

すぐに、茂兵衛が訊いた。

「浜松町です」

峰田によると、岸崎が増上寺《ぞうじょうじ》の門前近くの東海道を藩士らしい男といっしょに歩いているのを見かけたという。

「岸崎にまちがいないか」

茂兵衛が念を押すように訊いた。

「まちがいなく、岸崎です」

峰田は国元にいるときから岸崎を知っていたので、顔を見れば分かるという。

「いっしょにいた男は」

「それが、横顔だったので、はっきりしないのです」

峰田は、その武士の身装《みなり》と、岸崎と親しそうに話している様子から、藩士らしいと思ったそうだ。

「岸崎たちは、東海道をどちらにむかった」

「南です」

「南となると、品川方面だな。……そちらに、亀沢藩とかかわりのある屋敷か寺でもあったかな」

茂兵衛が訊いた。

「何もない」

すぐに、川澄が言った。

「まさか、岸崎は江戸を離れるつもりでは……」

茂兵衛の顔に懸念の色が浮いた。岸崎に行き先の分からない旅に出られたら、敵を討つのがむずかしい。

次に口をひらく者がなく、座敷が重苦しい沈黙につつまれたとき、それまで黙って聞いていた村越が、

「いや、岸崎が江戸を離れることはないと思います」

と、重いひびきのある声で言い、

「峰田。岸崎といっしょにいた藩士らしい男は、旅装束だったのか」

と、脇に座していた峰田に訊いた。

「いえ、ふたりとも、旅装束でありません」

峰田によると、岸崎は小袖にたっつけ袴だったが、旅に必要な打飼《うちがい》や合羽《カッパ》などは所持していなかったという。また、藩士らしい男は、羽織袴姿だったそうだ。

「岸崎は、旅に出たのではないな」

茂兵衛も、岸崎は増上寺界隈《かいわい》に身を隠しているのではないかと思った。

「いずれにしろ、岸崎の行方がつかめたら、真っ先に伊丹どのに知らせる」

川澄が語気を強くして言った。

つづいて、村越も、藩士らしい男が知れたら連絡することを約した。それから、川澄たち三人は、増沢と笹野が町方に捕らえられる前に始末できたことの礼を言ってから腰を上げた。

茂兵衛と松之助は、川澄と村越、峰田を戸口まで見送った後、柳村のいる座敷にもどってきた。

「松之助、どうする。岸崎はわしにまかせるか」

茂兵衛が松之助に訊いた。

「爺さまといっしょに、岸崎も討ちます」

松之助が、きっぱりと言った。

「ならば、稽古をつづけねばな」

そう言って、茂兵衛が立ち上がると、

「おれが岸崎になって、稽古相手になろう」

柳村も腰を上げた。

茂兵衛、松之助、柳村の三人は、それぞれ真剣を手に、稽古場にしている空き地にむかった。

この作品は書き下ろしです。

孫連《まごづ》れ侍《ざむらい》裏稼業《うらかぎょう》

# 脱藩《だっぱん》

鳥羽亮《とばりょう》

平成30年6月10日　初版発行

発行人——石原正康
編集人——袖山満一子
発行所——株式会社幻冬舎
〒151-0051東京都渋谷区千駄ヶ谷4-9-7
電話　03(5411)6222(営業)
　　　03(5411)6211(編集)
　　振替00120-8-767643
印刷・製本—図書印刷株式会社
装丁者——高橋雅之



幻冬舎時代小説文庫

ISBN978-4-344-42755-6　C0193　と-2-39